Darwin's Game

1

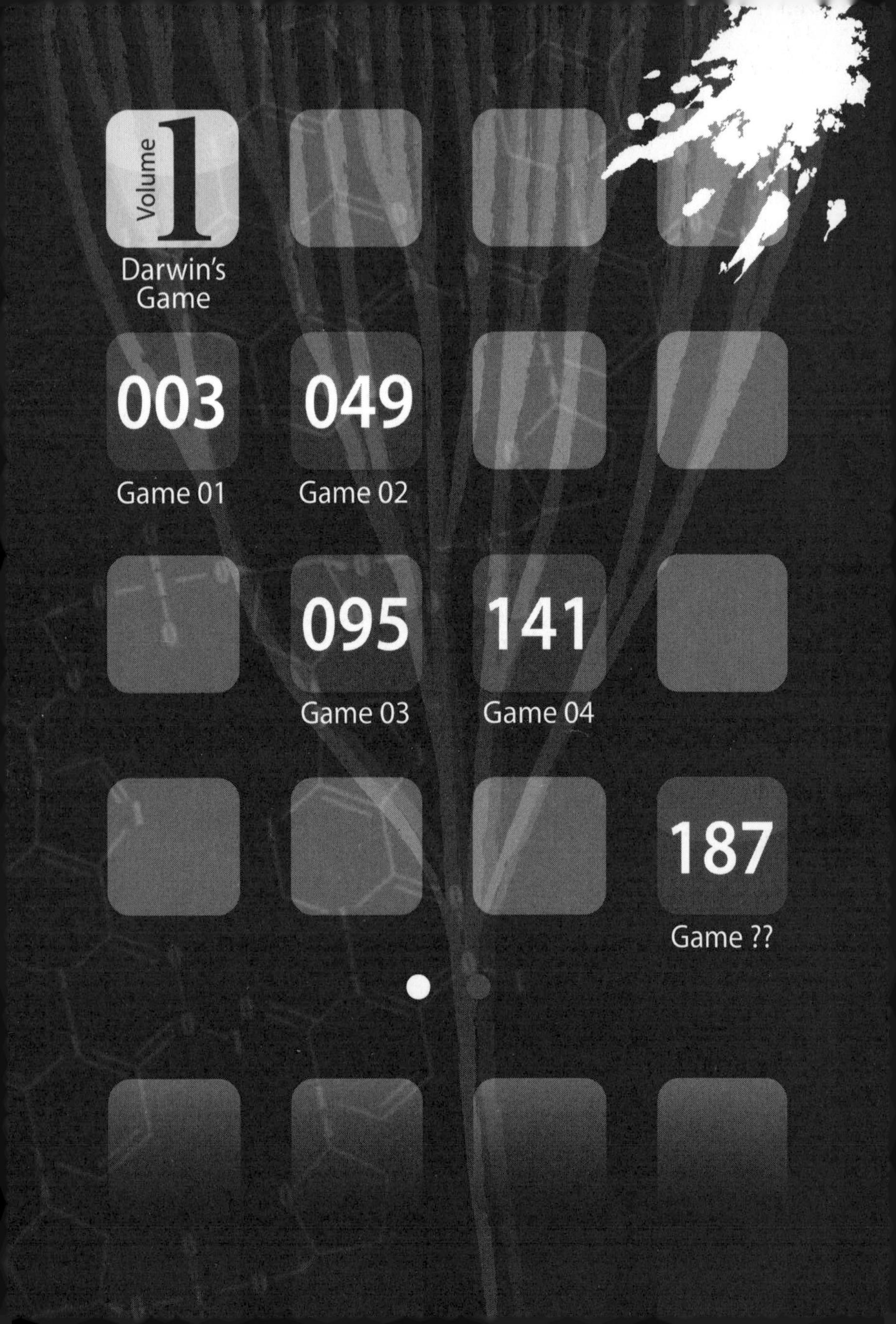
Volume 1
Darwin's Game
003
Game 01
049
Game 02
095
Game 03
141
Game 04
187
Game ??

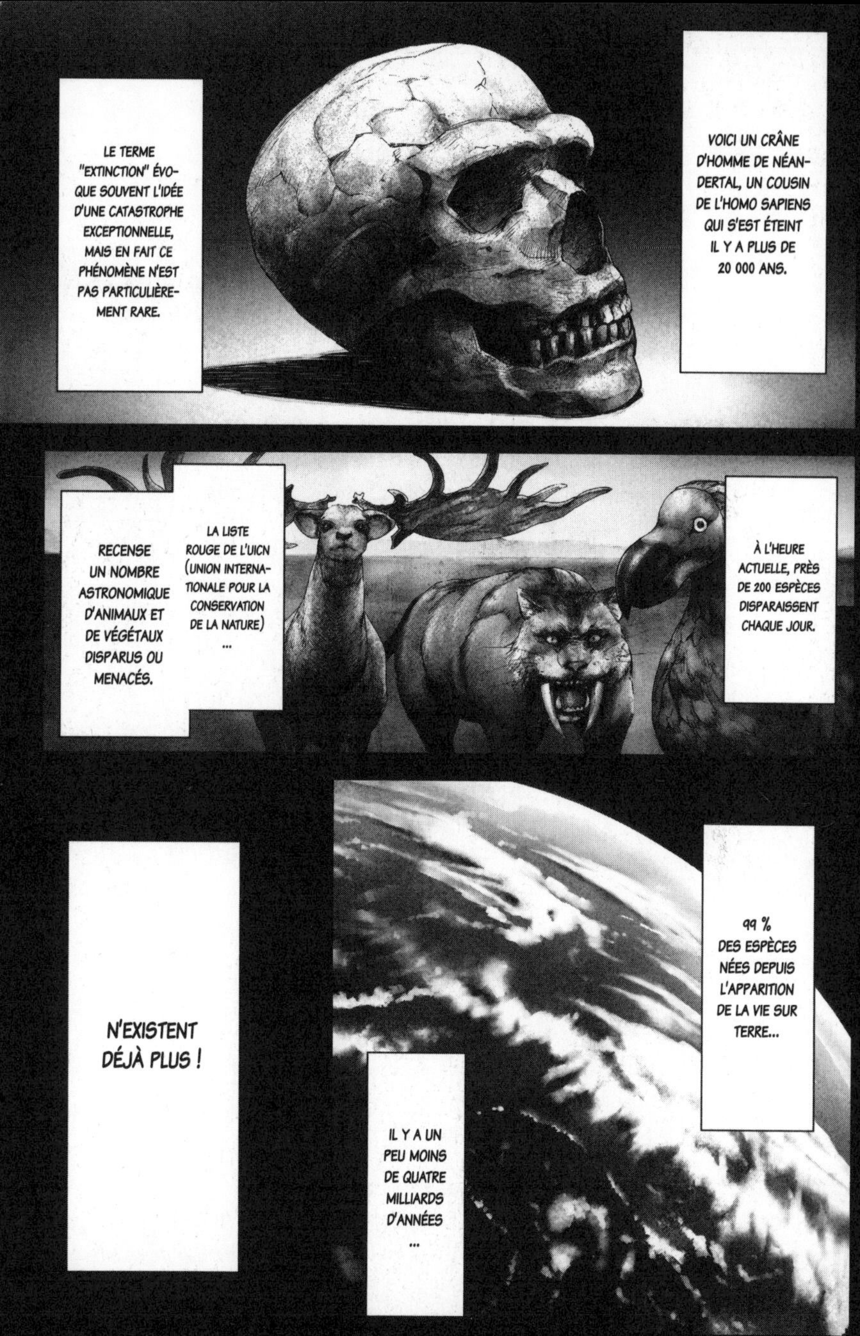
VOICI UN CRÂNE D'HOMME DE NÉAN-DERTAL, UN COUSIN DE L'HOMO SAPIENS QUI S'EST ÉTEINT IL Y A PLUS DE 20 000 ANS.
LE TERME "EXTINCTION" ÉVO-QUE SOUVENT L'IDÉE D'UNE CATASTROPHE EXCEPTIONNELLE, MAIS EN FAIT CE PHÉNOMÈNE N'EST PAS PARTICULIÈRE-MENT RARE.
À L'HEURE ACTUELLE, PRÈS DE 200 ESPÈCES DISPARAISSENT CHAQUE JOUR.
LA LISTE ROUGE DE L'UICN (UNION INTERNA-TIONALE POUR LA CONSERVATION DE LA NATURE) ...
RECENSE UN NOMBRE ASTRONOMIQUE D'ANIMAUX ET DE VÉGÉTAUX DISPARUS OU MENACÉS.
99 % DES ESPÈCES NÉES DEPUIS L'APPARITION DE LA VIE SUR TERRE...
IL Y A UN PEU MOINS DE QUATRE MILLIARDS D'ANNÉES ...
N'EXISTENT DÉJÀ PLUS !

Darwin's Game
START

Game 01

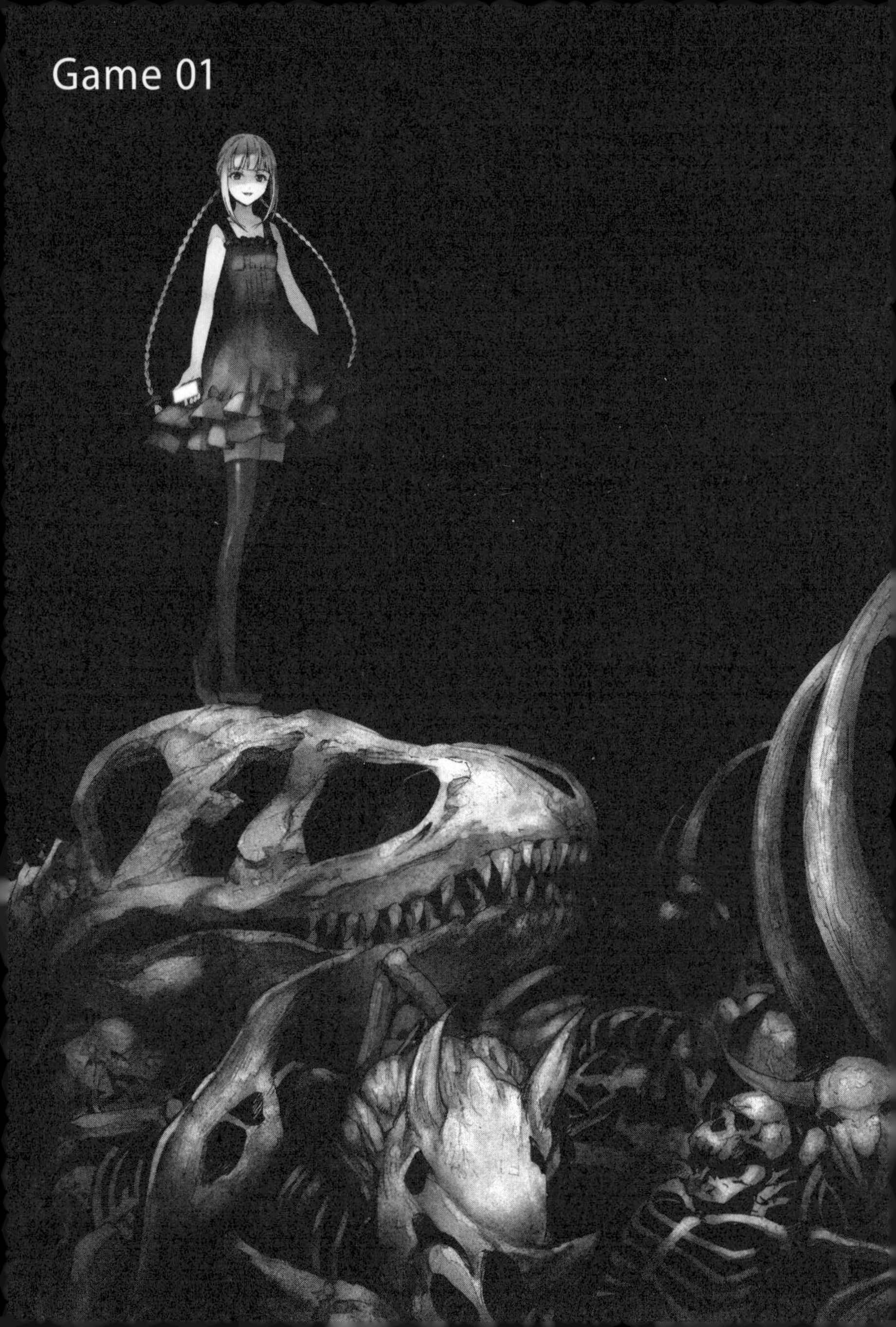

HAN
HAN
HAN
HAN
TAP
タッ
TAP
タッ
TAP
タッ
TAP
TAP
タッ
TAP
タッ
!
SCRRR
ズザァ
C'EST PAS VRAI !
BAM
ガンッ
POURQUOI IL FAUT QUE JE TOMBE SUR UNE IMPASSE ?!

* ENVIRON 3 500 EUROS, NDT.

KARAOKE
CEO
TAP
TAP
コッ
コッ
レシート
30%
ALLEZ, JE T'EN SUPPLIE ! RAMÈNE-TOI AVANT QU'ON ME...
!
T'CHAC
PLIC

BAM
AAAAAAH !
POURQUOI JE N'AI PAS VU VENIR LE COUP ?!
TAP
MONTRE-TOI...
ESPÈCE DE LÂCHE !!
J... JE TE PRÉVIENS !
SI TU ME CHERCHES, TU VAS ME TROUVER !
C'EST CENSÉ ÊTRE JUSTE UN JEU, BON SANG !!
SLASH
!

FRSHHH
ズブブブ
C'EST PAS POSSIBLE ...
FRSHHH
ズズズズ
FSHHHHH

BIP
KYODA EST MORT !
VOUS AVEZ GAGNÉ !
You Win!
VOUS RECEVEZ 10 POINTS !
SMS
EFFACER/ MÉMO
PANDEM
66
VRRRRR

CLAC CLAC
ガタンゴトン
CLAC CLAC
ガタンゴトン
LE LEN-DEMAIN ...
DING DONG
キーンコーン
カーンコーン
DING DONG
HMM ...
HMMMMM ...
FAN DE MOTO

TU VAS T'EN ACHETER UNE, KANAME ?
CROUNCH
OUAIS, SÛR...
PLAF
SI J'AI 300 000 YENS QUI ME TOMBENT DU CIEL !
C'EST MALIN !
COMMENCE PAR CONSULTER LES OFFRES D'EMPLOI AVANT DE BAVER SUR TON CATALOGUE !
X966
C'EST À CAUSE DE HIROYUKI ...
IL ME DIT DE VENIR VOIR SA NOUVELLE BÉCANE !
QU'EST-CE QUI T'EN EMPÊCHE ? TU AS UN DEUX-ROUES, TOI AUSSI !
EN PLUS, IL VEUT QUE J'AILLE EN VIRÉE AVEC LUI, CET ÉTÉ...
TU ME VOIS, AVEC MON PETIT SCOOTER ÉLECTRIQUE, À CÔTÉ DE SA 400 CM^3 ?!
IL A UNE COPINE, DE TOUTE FAÇON...
IL N'A QU'À Y ALLER AVEC ELLE !
AH OUAIS, YUMI ! ELLE EST CANON !
BLA BLA BLA
SI JE M'ACHETAIS UNE MOTO, TU CROIS QUE JE POURRAIS ME DÉGOTER UNE NANA, MOI AUSSI ?
SAUF QUE JE SUIS FAUCHÉ...
COMMENCE PAR PASSER TON PERMIS !
ET FAIS UN RÉGIME !

N'EMPÊCHE, IL A DÛ SE TROUVER UN JOB QUI PAIE BIEN...
POUR S'OFFRIR CE GENRE D'ENGIN !
CHOMP
むぐ…
NON LUS : 1
1
TIENS ?
Kyoda <kyo @d
ON DIRAIT QU'IL M'AVAIT ENVOYÉ UN AUTRE SMS !
RÉPONDS-LUI QU'IL SE LA PÈTE TROP !
12:47
BOÎTE DE RÉCEPTION
Kyoda <kyonnda@docodemo.net>
30/06 19:25
From
Sub
Au secours !
Le joueur Kyoda demande votre aide !
Rejoignez vous aussi le Darwin's Game
et volez à son secours !
Darwin's Game est un jeu
☆☆ Darwin's Game est un jeu
entièrement gratuit. ☆☆
Pour jouer, cliquez sur le lien... ⇒
https://darwinsgame.com/?c=41212f65ab
&q=fa1224876c5a5b
転送
保護
フラグ
DARWIN'S GAME ?

C'EST QUOI ?
UNE SORTE DE JEU SOCIAL, J'IMAGINE...
FEMME-CHAT SAMOURAÏ AZERT
(CARTE S-RARE)
SR
T'AS JAMAIS VU LES PUBS SUR INTERNET ? ÇA MARCHE AVEC DES CARTES !
AH OUI, JE VOIS CE QUE C'EST !
JEU DE BASE GRATUIT
SURPASSE TES RIVAUX EN OBTENANT UNE PUISSANTE GARDE AUTOMATIQUE !
IL JOUE À ÇA, HIROYUKI ?
TU VAS T'Y METTRE, TOI AUSSI ?
JE SAIS PAS... ILS ONT BEAU DIRE QUE C'EST GRATUIT...
ILS TE POUSSENT TOUJOURS À ACHETER DES TAS DE TRUCS !
MAIS S'IL Y A DU FRIC À GAGNER, POURQUOI PAS ?
CLAC
JE CHERCHE KANAME SUDO ! IL EST LÀ ?!

C'EST MOI...
POURQUOI ?
UN DE MES ÉLÈVES, HIROYUKI KYODA, EST ABSENT AUJOURD'HUI ...
APPAREMMENT, IL N'EST PAS RENTRÉ CHEZ LUI DEPUIS HIER...
SES PARENTS SONT INQUIETS !
AH BON ? IL N'EST PAS LÀ ?
VOUS ÊTES SOUVENT ENSEMBLE, TOUS LES DEUX...
TU NE SAIS PAS OÙ IL EST PASSÉ ?
HMM...
NON, IL NE M'A RIEN DIT ...
JE VOIS ...
CLAC
PRÉVIENS-MOI SI TU AS DE SES NOUVELLES !
COMPRIS !

IL T'A QUAND MÊME ENVOYÉ DES MESSAGES !
JUSTE UNE PUB ET UN SELFIE AVEC SA MOTO !
ÇA DOIT ÊTRE POUR ÇA QU'IL EST ABSENT ! TROP OCCUPÉ À ÉTRENNER SA NOUVELLE BÉCANE !
JE VAIS ESSAYER SON JEU, TIENS ! PEUT-ÊTRE QUE ÇA ME PORTERA CHANCE À MOI AUSSI...
T'ES TROP JALOUX, MON VIEUX ...
BIP
Le joueur Kyoda dem
Rejoignez vous
et volez à son sec
☆☆ Darwin's Game
entièrement gratuit
Pour jouer, cliquez su
https://darwinsgame
C'EST QUOI, CETTE BESTIOLE ? UN SERPENT ?
Darwi Game
HA HA ! S'ILS VOULAIENT LUI DONNER UN AIR MIGNON, C'EST RATÉ !
START
FLASH
HEIN ?
FRSH
START

AAAH !!
BAM
ガタッ
C'EST QUOI, CE DÉLIRE ?!

ÇA VA PAS ? QU'EST-CE QUI TE PREND ?!
UN... UN SERPENT ...
EST SORTI ...
DE... DU...
QUEL SERPENT ?!
Now Loading
12:41
HEIN ?!
EUH... JE...
QU'EST-CE QUE C'ÉTAIT ?
J'AI DE LA FIÈVRE OU QUOI ?
UNE HALLUCINATION ?

JE ME SENS...
FLOP
KANAME !
PLAF

TU ME FAIS QUOI, LÀ ?!
KANAME ! EH OH ! RÉPONDS !!
ピッ BIP
Darwin's Game
Le joueur Kaname Sudo a bien été inscrit.
Votre ami Kyoda
Votre ami Kyoda est déjà mort. Vous allez commencer une nouvelle partie.
01:00:00
ピッ BIP
00:59:59
ピッ BIP
KEEP OUT KEEP OUT KEEP OUT KEEP OUT

TAP
QUOI DE NEUF, SAKAKI ?
TIENS ! BONJOUR, SERGENT TAGONAKA !
C'EST ENCORE CET ART DE RUE ...
LES ESPÈCES DE SCULPTURES À FORME HUMAINE !

ÇA MÉRITE VRAIMENT UNE ENQUÊTE POLICIÈRE ?
PFF... À CE STADE, ÇA RESSEMBLE JUSTE À UN JOLI CAS DE VANDALISME !
AVEC QUEL OUTIL ON A PU FAIRE DES DÉCOUPES AUSSI NETTES DANS L'ASPHALTE ?
ON SE COUPERAIT PRESQUE LES DOIGTS SUR LES BORDS !
MÊME AVEC LES SCIES CIRCULAIRES UTILISÉES SUR LES CHANTIERS, ON N'OBTIENDRAIT PAS CE GENRE DE RÉSULTAT ...
LE COUPABLE S'EST PEUT-ÊTRE SERVI D'UN NOUVEAU TYPE D'APPAREIL !

SELON LES LÉGISTES, C'EST BIEN DU SANG HUMAIN, GROUPE A POSITIF... ÇA DATE D'HIER SOIR !
VOUS PENSEZ QU'IL Y A EU UN MEURTRE ?
C'EST CE QU'ON VA TÂCHER DE DÉCOUVRIR ...
ENFIN... NOTRE PROBLÈME, C'EST SURTOUT CES TRACES DE SANG !
JE ME SUIS RENSEIGNÉ AUPRÈS DE LA COMPAGNIE DE TÉLÉPHONIE... IL APPARTIENT À UN CERTAIN HIROYUKI KYODA, UN ADOLESCENT QUI HABITE PAS LOIN D'ICI !
AH OUI !
ON A TROUVÉ UN PORTABLE SUR LES LIEUX ! ON NE SAIT PAS ENCORE SI C'EST LIÉ À L'AFFAIRE ...
A
DIS-LE TOUT DE SUITE, BON SANG !

PAS D'ANTÉCÉDENTS CRIMINELS...
IL FRÉQUENTE UN LYCÉE DU VOISINAGE...
IL DEVRAIT ENCORE ÊTRE EN COURS, À CETTE HEURE-CI !
ALLONS LUI RENDRE UNE PETITE VISITE...
OK !
KEEP OUT KEEP OUT KEEP OUT KEEP OUT
299円

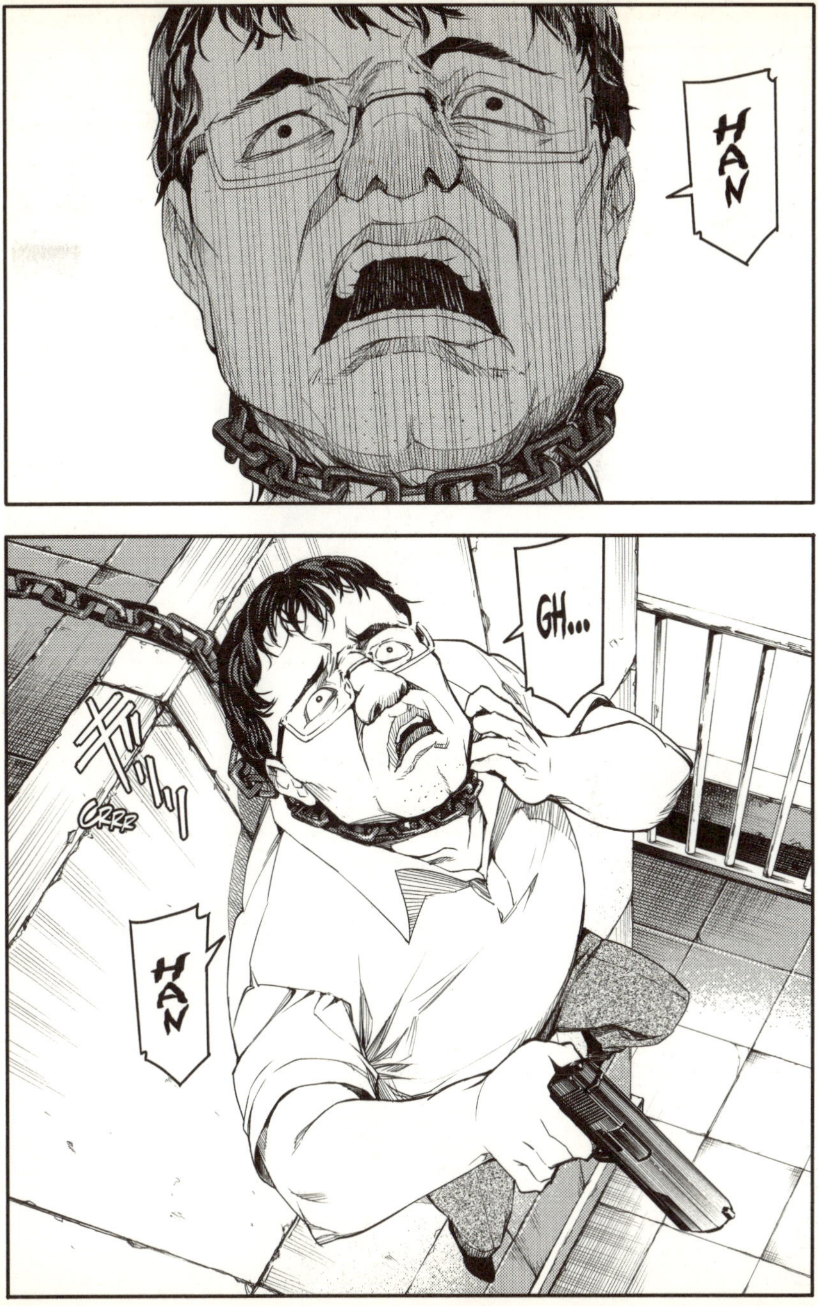
HAN
GH...
CRRR
HAN

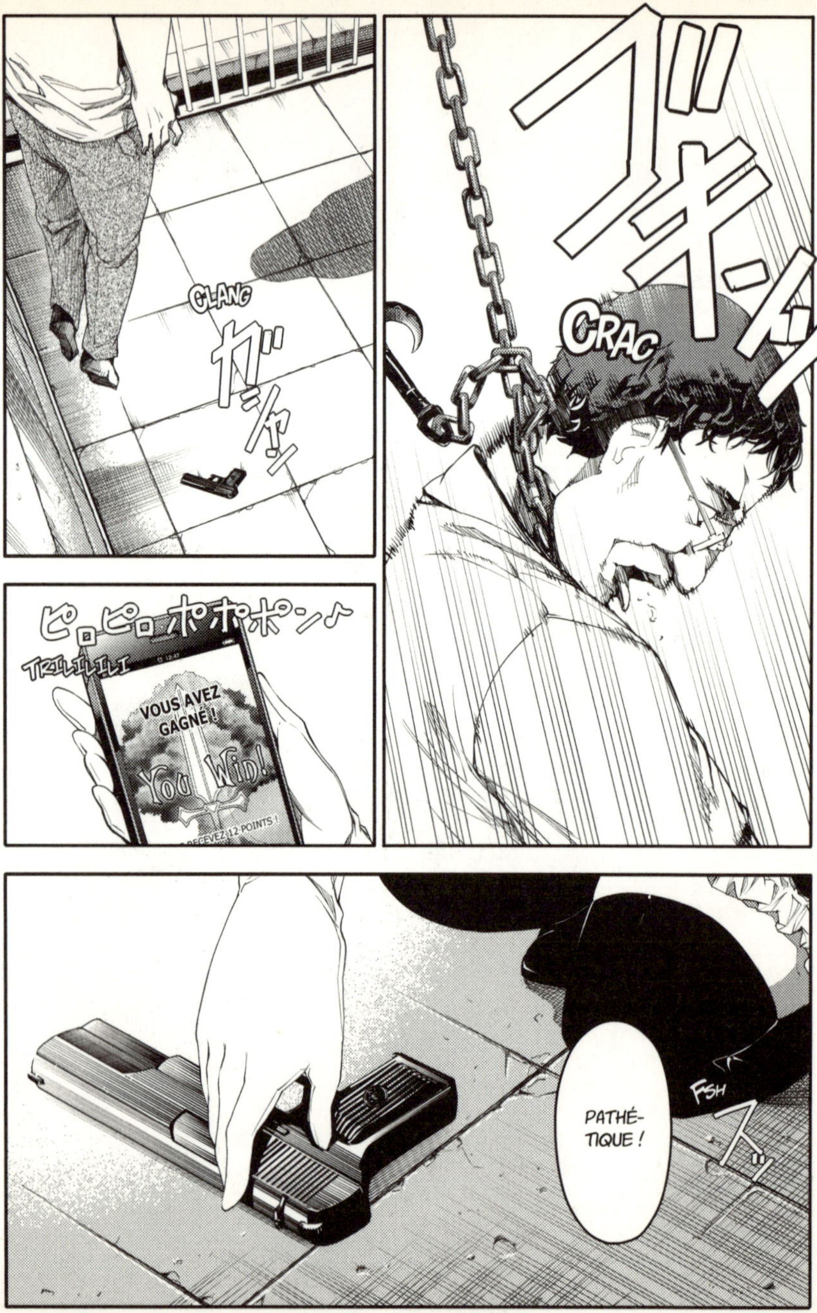
CRAC
CLANG
ガシャン
ピロピロポポポン♪
TRILILILI
VOUS AVEZ GAGNÉ !
You Win!
RECEVEZ 12 POINTS !
FSH
PATHÉ-TIQUE !

IL ESPÉRAIT VRAIMENT ME TUER AVEC CETTE CAMELOTE ?
C'EST À MOURIR DE RIRE !

IL N'AVAIT QUE 12 POINTS ?!
QUEL LOSER !
ENFIN... AU MOINS, J'AI SON FLINGUE EN BONUS !
CLAC
HÉ HÉ !
ÇA LE FAIT, NON ?

AH !
TRILILILI
UN PETIT NOUVEAU !
NOUVEAU JOUEUR
KANAME SU
DÉFIER
SON PSEUDO, C'EST...
KANAME SUDO...
PLUTÔT MIGNON, SON AVATAR !
TAP
VSHHH

PLAF
J'AI HÂTE DE VOIR CE QU'IL VAUT !
J'ESPÈRE QU'IL EST FORT !

AH !
TING
GH...
ÇA Y EST, ON SE RÉVEILLE ?
QU'EST-CE QUI M'EST ARRIVÉ ?

TU T'ES ÉVANOUI PENDANT LA PAUSE DE MIDI !
ÇA AVAIT L'AIR D'ÊTRE UN GROS COUP DE FATIGUE, ALORS JE VOULAIS TE LAISSER DORMIR...
ÇA ME REVIENT ! J'AI CRU QU'UN SERPENT ME MOR-DAIT...
QU'EST-CE QUE ÇA POU-VAIT BIEN ÊTRE ?
JE SUIS RESTÉ COMBIEN DE TEMPS DANS LES VAPES ?
À PEINE CINQ MI-NUTES...
LES COURS VIENNENT JUSTE DE REPRENDRE ! TU VEUX RE-TOURNER EN CLASSE ?
NON, JE NE ME SENS PAS BIEN DU TOUT...
JE PEUX RENTRER CHEZ MOI ?

COMME TU VEUX ! TIENS, REMPLIS LE FORMULAIRE DE SORTIE...
D'ACCORD, MERCI...
AVIS DE RETARD / AVIS DE SORTIE
À L'ATTENTION DU DIRECTEUR DE L'ÉTABLISSEMENT
CLASSE
JOUR : MOIS :
RETARD
JOUR : MOIS : RETARD DE : MIN
SORTIE
JOUR : MOIS : SORTIE À :
RAISON
OUPS !
TAC
TAC
FUIT
ÇA VA ALLER ?
OUI, OUI...
IL M'A JUSTE ÉCHAPPÉ DES MAINS !

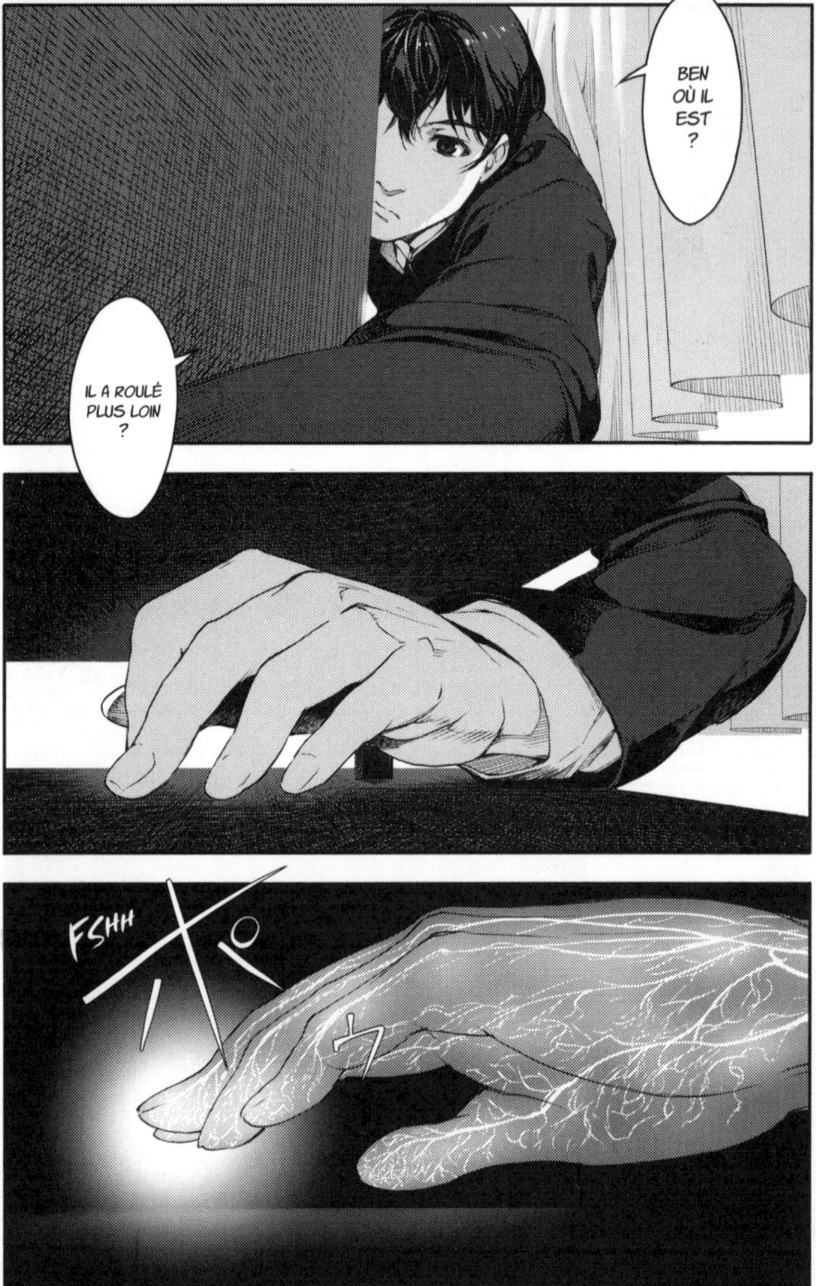
BEN OÙ IL EST ?
IL A ROULÉ PLUS LOIN ?
FSHH

C'EST BON...
JE L'AI !
ÇA VOUS VA ?
PARFAIT !
BON, AU REVOIR...
REPOSE-TOI BIEN !
TIENS ?

J'EN AVAIS DEUX COMME ÇA ?
本・文具

UR
10両編成
最前部
ガタン ガタン
CLAC
CLAC
PROCHAIN ARRÊT : KAMIURAGA !
PROCHAIN ARRÊT ...
ガタン ガタン
CLAC
CLAC

ZUT, JE COMMENCE À AVOIR FAIM...
FAUT DIRE QUE JE N'AI PRESQUE RIEN MANGÉ, CE MIDI !
JE VAIS ME PRENDRE UN TRUC DANS UN FAST-FOOD AVANT DE RENTRER...
IL N'EST PAS ENCORE TROP TARD...
Darwin's Game
?!
DARWIN'S GAME...
ÇA M'ÉTAIT COMPLÈ-TEMENT SORTI DE LA TÊTE !
JE DEVRAIS M'ASSURER QUE JE L'AI BIEN RÊVÉ, CE SER-PENT...
13:46
APPLICATIONS
Darwin's Game
Twitbulle
E-mail
Mailman

GLOUPS
ゴクッ..
C'EST JUSTE UN JEU ...
HEIN ?
ガタン
ゴトン
CLAC
CLAC
ガタン
ゴトン
CLAC
CLAC
ピッ
BIP
13:46
APPLICATIONS
Twitbulle
Darwin
E-mail
Smartsorties

HMM...
13:46
MENU
STATUT
GACHA
POINTS
COMBAT
CLASSEMENT
CLAN : AUCUN
NOM : KANAME SUDO
SCORE : 0 COMBAT
0 VICTOIRE
POINTS : 30
DÉTAILS
BANDA-BOY DANS : 00 MIN 18 S
BEN VOILÀ ! UN JEU TOUT À FAIT NORMAL !
PFIOU...
ET MOI QUI FLIPPAIS COMME UN IMBÉCILE !
DING
Combat en attente.
Plus d'informations ?
OK
Annuler
BIP

BANDA-BOY
VS
KANAME SUDO
"KANAME SUDO CONTRE BANDA-BOY" ?
COMMENT ÇA SE FAIT QUE MON NOM S'AFFICHE ?
L'APPLI A ACCÈS À MES DONNÉES PERSONNELLES ?
IL NE RESTE PLUS QUE TROIS SECONDES ?!
JE NE CONNAIS MÊME PAS LES RÈGLES, MOI !
Combat dans :
Bip
Bip
Bip
TADAM
"Ha ha ha ha ! Je suis Banda-Boy, le chasseur de noobs !"
"Ne reviens pas me hanter quand je t'aurai fait la peau, OK ?"

C'EST LUI, MON ADVERSAIRE ?
C'EST LA MASCOTTE DE L'ÉQUIPE DE BASE-BALL DE LA VILLE ! ILS ONT LE DROIT DE L'UTILISER ?
Y A PAS UN PROBLÈME DE COPYRIGHT ?
PANDEMICS
"Ha ha ha ha ! Je suis Banda-Boy, le chasseur de noobs !"
"Ne reviens pas me hanter quand je t'aurai fait la peau, OK ?"

SP
S PANDEMICS
666

コラァ‥
TAP
HEIN ?
"Ha ha ha ha ! Je suis Banda-Boy, le chasseur de noobs !"
"Ne reviens pas me hanter quand je t'aurai fait la peau, OK ?"

EUH... C'EST MOI QU'IL REGARDE ?

Darwin's Game

POURQUOI IL ME FIXE COMME ÇA ?
CLAC
ガタゴトン
CLAC
CLAC
CLAC
ガタゴトン
Game 02

QU'EST-CE QU'IL FAIT DÉGUISÉ DANS LE MÉTRO ?
C'EST BIEN BANDA-BOY, HEIN ?
POURQUOI IL A UN COUTEAU ?
C'EST POUR LA TÉLÉ OU QUOI ?
NON ! NE VIENS PAS PAR ICI !
SPANDEMICS
CLAC
CLAC
ガタンゴトン
CLAC
ガタンゴトン
CLAC

QU'EST-CE QUE...
EUH... OUI ?
VOUS ME VOULEZ ?

AAAAAH !!
PANDEMICS
TCHAC

N...
NON MAIS ÇA VA PAS ?!
ESPÈCE DE MALADE !
PANDEMICS 666
J'Y CROIS PAS...
IL A ESSAYÉ DE ME POIGNARDER !
FRSH
UN TARÉ DÉGUISÉ EN MASCOTTE VEUT ME TRUCIDER !

666
TCHAC
ギ
ギ
CRR

CRRR
C'EST PAS UN JOUET, CE COUTEAU !!
JE NAGE EN PLEIN CAUCHEMAR !
QU'EST-CE QUE JE LUI AI FAIT, À CE TYPE ?!
LÀ, C'EST CLAIR, C'EST PAS POUR LA TÉLÉ...
JE RISQUE VRAIMENT D'Y LAISSER MA PEAU !
POF
BON SANG !!

VLAN
D... DÉ-GAGE...
SALE ENFLURE !!
KAMIU-RAGA ! DESCENTE À GAUCHE !
KAMIU-RAGA !
PSHHH

VSH
ÇA CRAINT ! JE VAIS MORFLER, SI JE ME PRENDS UN COUP DE COUTEAU...
C'EST QUI, CE TYPE ? IL S'EST ÉVADÉ DE L'HÔPITAL PSYCHIATRIQUE ?!
IL FAUT QUE JE TROUVE UN FLIC EN VITESSE !
左側通行

JE FAIS QUOI ? JE VAIS DIRECT AU POSTE DE POLICE PRÈS DE LA GARE ?
OU BIEN JE DEMANDE À UN EMPLOYÉ DU MÉTRO DE LES APPELER ?
N'EMPÊCHE, J'AI ASSURÉ, DANS LE WAGON !
SI LE MALADE SE FAIT ARRÊTER, JE SERAI UN HÉROS...
J'AURAI PEUT-ÊTRE MÊME MA PHOTO DANS LES JOURNAUX !
EXCUSEZ-MOI !
MONSIEUR LE CONTRÔLEUR !

DIS DONC, TU AS VU ÇA ?
HEIN ? QUOI ?
IL Y A UN TYPE DÉGUISÉ EN PANDA ! C'EST POUR UNE PUB, TU CROIS ?
AH, JE LE RECONNAIS !
C'EST BANDA-BOY, LA MASCOTTE D'UNE ÉQUIPE DE BASE-BALL !
AT-TENDS ...

AAAAAAAH !!

TOI, LÀ ! PAS SI VITE !
Veuillez présenter votre titre de transport.
TAP
HEIN ?!

AAAAH !
AU SECOURS ! APPELEZ LA POLICE !!
DES PROMOS SUR TOUTES LES MONTURES...
CHEZ OPTIC 9000 !
TAP
TAP
AÏE !
C'EST QUOI, CE CIRQUE ?

BORDEL... IL VEUT PAS ME LÂCHER, LE PANDA PSYCHO-PATHE !
TIENS ? IL Y A UNE ÉQUIPE DE BASE-BALL QUI DÉFILE, AUJOUR-D'HUI ?
ILS FÊTENT LEUR VIC-TOIRE ?
HA HA ! MAIS NON, LA SAI-SON N'EST MÊME PAS ENCORE FINIE !
C'EST PAS UN DÉFILÉ, C'EST UNE TENTATIVE DE MEURTRE...
NE RES-TEZ PAS LÀ À RE-GARDER ! FAITES QUELQUE CHOSE !
POSTE DE POLICE
GARE DE KAMIURAGA SORTIE
MONSIEUR L'AGENT !! S'IL VOUS PLAÎT !
QUOI ? QU'EST-CE QUI SE PASSE ?!

JE VOUS EN SUPPLIE, AIDEZ-MOI !
QUELQU'UN ESSAIE DE ME TUER !
TU ES SÉRIEUX ?!
CE TYPE, AVEC LE COSTUME DE PANDA ! IL A UN COUTEAU !
HEIN ?
JE NE LE VOIS NULLE PART, TON PANDA !
C'EST PAS POSSIBLE !
IL ÉTAIT JUSTE DERRIÈRE MOI !
ALORS COMME ÇA, ON S'AMUSE À FAIRE DES BLAGUES STUPIDES AUX POLICIERS ?!
JE VOUS JURE, C'EST LA VÉRITÉ ! IL ME COURT APRÈS DEPUIS LE MÉTRO !

13:54
COMBAT EN COURS !
BATTLE!!
BANDA-BOY
VS
KANAME SUDO
VOUS AFFRONTEZ BANDA-BOY !
FIN DU COMBAT DANS : 00 : 52 : 13
NTEZ BANDA-BOY !
COMBAT DANS : 00 : 52 : 12
JE NE VOUS MENS PAS !
POSTE DE POLICE
GARE DE KAMIURAGA SORTIE EST
J'AI VRAIMENT ÉTÉ AGRESSÉ !
FRANCHEMENT, TON HISTOIRE N'EST PAS TRÈS CRÉDIBLE...
TU SAIS QUE TU PEUX AVOIR DES ENNUIS EN PORTANT DE FAUSSES ACCUSATIONS ?

REGARDEZ...
LE TROU DANS MON SAC !
IL L'A FAIT AVEC SON COUTEAU !
BON, TRÈS BIEN, JE VAIS APPELER LA GARE...
SI TU DIS LA VÉRITÉ, DES EMPLOYÉS POURRONT CONFIRMER !
MERCI BEAUCOUP !
QUI M'ENVOIE UN MAIL À UN MOMENT PAREIL ?
ALLONS BON ! SHINOZUKA !
Shinozuka <shinoscar@docodemo.net>
Ça va ?
01/07 13:5
Tu te sens mieux ? Je t'envoie des vidéos porno ! Astique-toi un bon coup, ça te remettra d'aplomb ! \(^o^)
http://www.mobile.ero/movies/s/092383845.mov
http://www.mobile.ero/movies/s/092383866.mov
tp://www.mobile.ero/movies/s/2383874.mov
C'EST ÇA, OUI, JE VAIS ME BRANLER DEVANT UN FLIC, PAUVRE TACHE !

ICI TERADA, DU POSTE DE POLICE SORTIE EST !
J'AI QUELQUE CHOSE À VÉRIFIER ...
UN LYCÉEN PRÉTEND AVOIR ÉTÉ POURSUIVI DANS LA GARE...
PAR UN HOMME DÉGUISÉ EN PANDA !
OUI, BANDA-BOY, LA MASCOTTE DE L'ÉQUIPE DE BASE-BALL !
VOUS L'AVEZ VU ?
VRAIMENT ?!
MERCI, LE CONTRÔLEUR !!
IL EST BIEN OBLIGÉ DE ME CROIRE, MAINTENANT !
AH BON ?!
ILS ONT TOUS LES DEUX SAUTÉ LE PORTILLON SANS PRÉSENTER LEUR TICKET ?!
QUOI ?!

DIS DONC ! TU ES PASSÉ SANS TICKET ?
M... MAIS NON !
ENFIN, SI, MAIS J'AVAIS PAS LE CHOIX, AVEC L'AUTRE QUI ME COURAIT APRÈS !
DE TOUTE FAÇON, J'AI UN ABONNEMENT !
REGARDEZ !
ENTENDU...
JE VIENDRAI PRENDRE VOTRE DÉPOSITION !
AU REVOIR...
BON... APPAREMMENT, IL Y AVAIT BIEN UN TYPE COSTUMÉ !
EST-CE QUE TU VEUX PORTER PLAINTE ?
OUI, S'IL VOUS PLAÎT !

JE PASSERAI DEMAIN À LA GARE POUR EN SAVOIR PLUS, ET ENSUITE ON DÉCIDERA DE LA FAÇON DE TRAITER L'AFFAIRE...
UNE FOIS QU'ON EN A FINI AVEC LA PAPERASSE, JE TE RAMÈNE CHEZ TOI...
CLAC
TU HABITES OÙ ?
À KAWANAKA !
OUF...
IL NE ME CROIT ENCORE QU'À MOITIÉ, MAIS AU MOINS IL VA ME RACCOMPAGNER ...
JE ME VOYAIS MAL REPRENDRE LE MÉTRO !
KAWA-NAKA, C'EST JUSTE À CÔTÉ ! TU PRÉFÈRES PEUT-ÊTRE QUE J'APPELLE TES PARENTS POUR QU'ILS VIENNENT TE CHERCHER ?
NON MERCI, JE VIS SEUL !
TCHAC

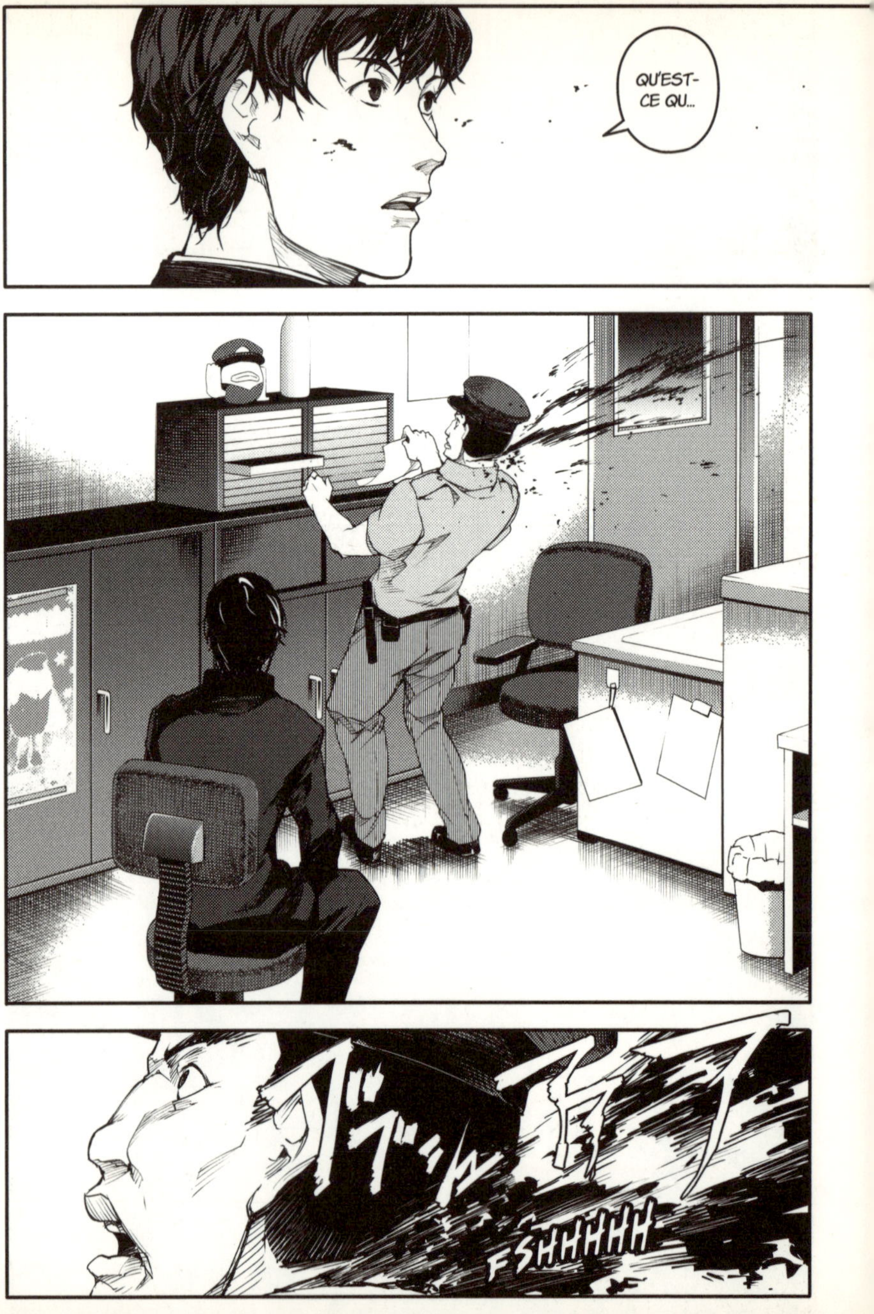
QU'EST-CE QU...
FSHHHHH

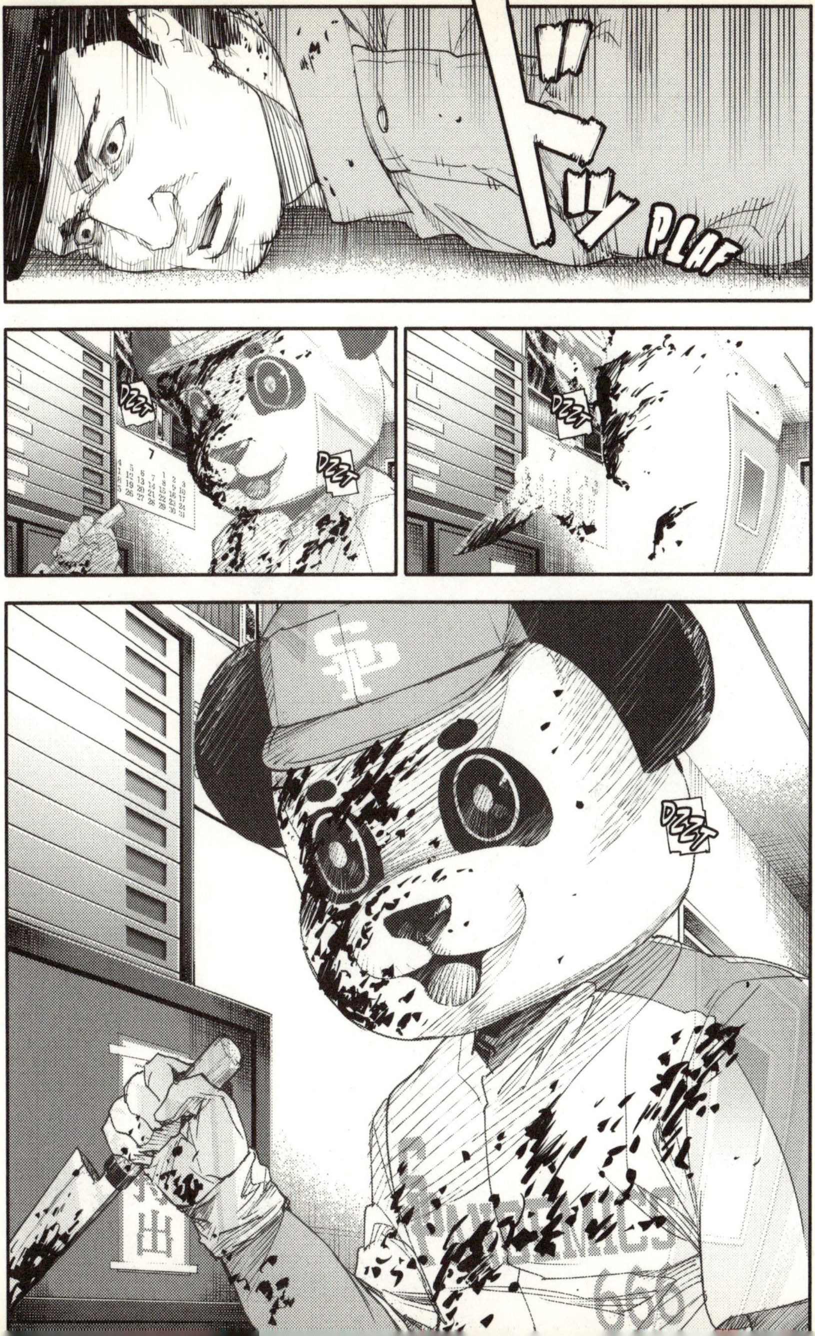
ドッ
PLAF
DZZT
DZZT
DZZT
DZZT

SP
非常持出

C'EST PAS VRAI !
LE REVOILÀ !
AAH !
BAM
PLAF
BANG

V... VA-T'EN, PETIT !
HAN
HAN
JE M'OCCUPE DE LUI !
P... PLUS UN GESTE ...
OU JE TIRE !
DZZT
HEIN ?

TCHAC
FSHHH
DZZT
DZZT
C'EST QUOI, CE DÉLIRE ?!
IL PEUT SE RENDRE INVISIBLE ? C'EST UN ALIEN OU QUOI ?!

TRILILILI
UNE SONNERIE DE TÉLÉ-PHONE ?
TRILILILI
TRILILI
FRSH
TRILILI
BRR
BRR

* ENVIRON 15 000 EUROS, NDT.

TU ÉTAIS CENSÉ TROUVER DU FRIC, NON ?
TU DISAIS QUE TU ALLAIS EMPRUNTER À TA FAMILLE OU QUITTER TON BOULOT POUR TOUCHER UNE PRIME DE DÉPART !
SI TU CONTINUES À TE FICHER DE NOUS, ON VA SE POINTER À TON TRAVAIL...
NON, S'IL VOUS PLAÎT ! TOUT MAIS PAS ÇA !
JE VOUS EN SUPPLIE !
ALORS DÉBROUILLE-TOI POUR TE FAIRE DU BLÉ ! BRAQUE UNE BANQUE S'IL LE FAUT !
JE SUIS DÉSOLÉ ! DONNEZ-MOI JUSQU'À DEMAIN !
JE SUIS SUR LE POINT DE TOUCHER UNE GROSSE SOMME D'ARGENT !!
AT-TENTION, C'EST TA DERNIÈRE CHANCE !
PIGÉ ?!
BIP
ピッ

IL FAIT ÇA POUR LE FRIC ?!
JE N'EN AI PAS, MOI !
OU ALORS IL RECEVRA UNE RÉCOM-PENSE S'IL ME TUE ?
SANS RANCUNE, HEIN ?
ET PUIS QUOI ENCORE ?!
vSH

JE VAIS LE SEMER...
PAS QUESTION DE ME FAIRE TRUCIDER PAR CE PAUMÉ !
IL PARLAIT NORMALEMENT, AU TÉLÉPHONE ! DONC C'EST BIEN UN HUMAIN...
SAUF QUE LES HOMMES NE SAVENT PAS SE RENDRE INVISIBLES !
ÇA VIENDRAIT DU COSTUME ? ÇA EXISTE, CE GENRE DE TECHNOLOGIE ?
ON DIRAIT DE LA SCIENCE-FICTION !!

MAIS POURQUOI UN TYPE ENDETTÉ JUSQU'AU COU EN VEUT À MA PEAU ?
EST-CE QUE QUELQU'UN A MIS MA TÊTE À PRIX ?!
QU'EST-CE QUE ÇA LUI APPORTE ?!
L'ENFOIRÉ !!
S'IL ESPÈRE SE FAIRE DE L'ARGENT FACILE, IL SE FOUT LE DOIGT DANS L'ŒIL !!
TAP

MANQUAIT PLUS QUE ÇA... UN POINT DE CÔTÉ !
IL VA FINIR PAR ME RATTRAPER !
COMMENT JE VAIS ME TIRER DE CE PÉTRIN ?
ALLEZ, TROUVE UNE IDÉE, VITE !
JPS
24H
100円/30分
長時間割引
最初の12時間 1000円
24時間まで 1200円
以降24時間毎 1200円
JP日本駐車場システム株式会社 上浦賀駅東口パーキング
空車
2.1m
2t
空車
出口専用

拉麺 地
SP ANDEMICS
666
SAUVÉ !
IL M'A PERDU DE VUE ...
ALLEZ, ALLEZ, ALLEZ !
CASSE-TOI !
SP ANDEMICS
666

HEIN ?
FUIT
POURQUOI IL VIENT PAR ICI ?!
NE ME DITES PAS QU'IL A AUSSI L'ODORAT D'UN PANDA !
NOOON !
TAP
TOURNE À DROITE ET CONTINUE TON CHEMIN !
POURQUOI IL S'ARRÊTE ?
IL NE M'A QUAND MÊME PAS VU ?!
LES BOULES !
QU'IL SE TIRE, BON SANG !

BIP BIP ♪
MAIS QUEL CRÉTIN !!
J'AVAIS OUBLIÉ DE METTRE MON POR-TABLE SUR SILENCIEUX !
IL N'A PAS ENTENDU, J'ESPÈRE...

C'EST BON, IL NE RÉAGIT PAS !
IL EST TROP LOIN, ET PUIS SON MASQUE DOIT ÉTOUFFER LES BRUITS...
QUI EST L'ABRUTI QUI M'ENVOIE UN MESSAGE PILE AU MAUVAIS MOMENT ?!
SI C'EST ENCORE SHINOZUKA, JE LUI DÉFONCE LA TÊTE !!
BOÎTE DE RÉCEPTION
14:0
info@darwinsgame.com
ANNONCE DU WEBMASTER DARWIN'S GAME
01/07 14:09
Ça va ?
Tu te sens mieux ? Je

UN MESSAGE...
DU DARWIN'S GAME ?
BOÎTE DE RÉCEPTION
From info@darwinsgame.com
Sub ANNONCE DU WEBMASTER DARWIN'S GAME
01/07
Vous avez reçu un message de
Shuka !
r le consulter, cliquez sur le lien :
://darwinsgame.com/?C=3d2
&q=fa158234a13fcv
SHUKA ?
C'EST QUI, ÇA ?
J'EN AI RIEN À FICHE, DE CE TRUC ! C'EST PAS LE MOMENT DE JOUER À...
BATTLE!
BANDA-BOY
VS
KANAME SUD

ATTENDS... ET SI TOUT ÉTAIT LIÉ À CE JEU ?
L'HALLUCINATION QUE J'AI EUE AU LYCÉE, ET ENSUITE CE BANDA-BOY QUI M'ATTAQUE POUR DE VRAI PILE AU MOMENT OÙ SON IMAGE APPARAÎT SUR MON ÉCRAN... FRANCHEMENT, C'EST TROP GROS !
ÇA NE PEUT PAS ÊTRE UN HASARD !
darwinsgame.com
ANNONCE DU WEBMASTER
Vous avez reçu un message de
Shuka !
Pour le consulter,
IL FAUT QUE JE LISE CE MESSAGE !
ÇA ME RAPPELLE JE NE SAIS PLUS QUEL FILM AVEC UNE HISTOIRE DE JEU MAUDIT...
consulter
iquez sur le lien
.com/?C=3d2
13fcv

ピッ
BIP
Tu veux un coup de main, Kaname ?
UN COUP DE MAIN ?!
ÇA VEUT DIRE QU'ELLE SAIT DANS QUELLE SITUATION JE ME TROUVE ?
Tu veux un coup de main, Kaname ?
ÇA DOIT ÊTRE LA BOÎTE DE CHAT, ICI...
AVEC UN PEU DE CHANCE, CETTE FILLE EN SAIT PLUS QUE MOI SUR LE JEU !
Tu veux un coup de main, Kaname ?
BIP ピッ
BIP ピッ
BIP ピッ
BIP ピッ
Tu veux un coup de main, Kaname ?
Oui, stp ! Il y a un tordu déguisé en panda qui veut ma peau ! Je me suis planqué !
BIP ピッ
Tu sais ce qui se passe ?
BIP ピッ

...sais ce qui se passe ?
Ce n'est pas en te cachant que tu vas gagner ! Il va te repérer avec l'appli "recherche" !
BIP
ピッ
L'APPLI "RECHERCHE" ?!
C'EST QUOI ? UNE SORTE DE RADAR ?!
VSH
SP
666

IL SAIT OÙ JE ME PLANQUE... IL VA ME TROUVER SANS PROBLÈME !!
ALORS LÀ, JE SUIS MAL !
QU'EST-CE QU'IL ATTEND POUR M'ENVOYER UNE DEMANDE D'AIDE ?

IL VA SE FAIRE TUER, LE PAUVRE CHOU...

Darwin's Game

Game 03

SALLE DE RÉUNION
HIROYUKI KYODA S'EST ABSENTÉ SANS PRÉVENIR ?
C'EST ÇA ! IL N'EST PAS VENU EN COURS AUJOURD'HUI ...
ET SELON SON PÈRE, IL N'EST PAS RENTRÉ CHEZ LUI DEPUIS HIER SOIR !

PERSONNE NE L'A VU DEPUIS HIER... INTÉRESSANT !
VOUS PENSEZ À CE QUE JE PENSE ?
PAS SI TU T'IMAGINES QUE CE GAMIN EST RESPONSABLE DES ACTES DE VANDALISME...
JE NE CROIS PAS, NON !
C... C'EST JUSTE UNE POSSIBILITÉ !
ALORS POUR VOUS, C'EST QUOI...
LE PROFIL D'UN INDIVIDU CAPABLE DE TRANCHER L'ASPHALTE COMME DU BEURRE ?!
AH BON ? PARCE QUE TU VOIS UN LYCÉEN CREUSER CES SILHOUETTES BIZARRES DANS LA RUE ?

JE NE SAIS PAS, UN SPÉCIALISTE EN OUTILLAGE DE POINTE ! QUELQU'UN QUI BOSSE SUR LES CHANTIERS, PAR EXEMPLE...
VROUM
MAIS MÊME AVEC UNE SCIE CIRCULAIRE, ON NE PEUT PAS OBTENIR UN TEL RÉSULTAT ! VOUS PENSEZ QUE LE COUPABLE S'EST SERVI D'UNE SORTE DE RAYON LASER ?
ÇA EXISTE EN VRAI, ÇA ?
AUCUNE IDÉE !
TRILILILI
ALLÔ ?
OH, C'EST VOUS, PATRON...
À JINGÛ ? OK, ON ARRIVE !
CHANGEMENT DE PROGRAMME... DIRECTION LE COMMISSARIAT DE JINGÛ !
CELUI DE SHIBUYA ? QU'EST-CE QUI SE PASSE ?
APPAREMMENT, IL Y A DU NOUVEAU DANS NOTRE AFFAIRE... ET ÇA DOIT ÊTRE SACRÉMENT SÉRIEUX !
LA PRÉFECTURE VA FORMER UN GROUPE D'ENQUÊTE RÉUNISSANT TOUTES LES SECTIONS DU KANTÔ !

UNE MOBILISATION GÉNÉRALE JUSTE POUR DU VANDALISME ?!
C'EST UNE PREMIÈRE !
C'EST BIEN LA PREUVE QUE CE N'EST PAS "JUSTE" DU VANDALISME !
VROUM
ALORS LÀ, JE SUIS MAL !
IL SAIT OÙ JE ME PLANQUE...
IL VA ME TROUVER SANS PROBLÈME !!

S'IL PEUT ME SUIVRE À LA TRACE ...
ÇA NE SERT À RIEN DE ME CACHER !
Tu veux un coup de main, Kaname ?
Oui, stp ! Il y a un tordu déguisé en panda qui veut ma peau ! Je me suis planqué !
Tu sais ce qui se passe ?
Ce n'est pas en te cachant que tu vas gagner ! Il va te repérer avec l'appli "recherche" !
IL NE LUI FAUDRA PAS DEUX MINUTES POUR MONTER JUSQU'ICI ! COMMENT JE VAIS ME SORTIR DE LÀ ?!
Il sait où je suis ! Je fais quoi ?!
BIP
Tu vas me prendre pour un fou, mais il peut se rendre invisible !
BIP
C'est son sigil !
BIP
Tu es vraiment un noob !
BIP
UN SIGIL ? C'EST QUOI ?!
JE ME SUIS RETROUVÉ EMBARQUÉ LÀ-DEDANS SANS RIEN CONNAÎTRE !
Écoute, je n'ai aucune envie de jouer à ce fichu jeu !
BIP

Je n'ai pas demandé à être entraîné dans un combat à mort !
Comment je fais pour arrêter ?!
LOL !
C'est trop tard, mon pauvre !
TU AS ÉTÉ MORDU PAR LE SERPENT...
TU NE PEUX PLUS REVENIR EN ARRIÈRE !

"LE SERPENT" ?
CELUI QUI EST SORTI DE L'ÉCRAN ?!
CE N'ÉTAIT DONC PAS UNE HALLUCINATION...
TAP TAP TAP
TAP
VSH
ZUT ! J'AI ENCORE DES QUESTIONS À POSER À CETTE SHUKA, MAIS LÀ, LE MOMENT EST MAL CHOISI...
JE FERAIS MIEUX DE COUPER MON PORTABLE... SINON, AVEC LE POT QUE J'AI, IL RISQUE DE SE REMETTRE À SONNER !

CLAC
IL CHERCHE DANS LA MAUVAISE DIRECTION...
BAM
SON RADAR NE DOIT PAS LUI DONNER MA POSITION EXACTE !
JE FAIS QUOI ?
J'EN PROFITE POUR DESCENDRE ?
NON, L'ESCALIER QUE JE DOIS PRENDRE EST TROP PRÈS DE LUI !
ON RISQUE DE SE RETROUVER NEZ À NEZ !
LE PLUS SÛR, C'EST ENCORE DE MONTER...

TAP
ÇA VA M'ÉLOIGNER DE LA SORTIE…
MAIS JE POURRAI ME PLANQUER ET GUETTER UNE AUTRE OCCASION DE FILER !
Ce n'est pas en te cachant que tu vas gagner !
EN MÊME TEMPS, METTONS QUE J'ARRIVE À M'EN-FUIR… ET APRÈS ?
JE VAIS ENCORE ME RÉFUGIER DANS UN POSTE DE POLICE ?
À QUOI BON ? IL VA RETROUVER MA TRACE, AVEC SON APPLI !
ET D'ABORD, QU'EST-CE QUE JE POURRAIS BIEN RACONTER AUX FLICS ?
IL EST SÛREMENT MORT, CET AGENT…
C'ÉTAIT UN TYPE BIEN, EN FIN DE COMPTE…

J'AI LA HAINE RIEN QUE D'Y PENSER !
JE DEVRAIS LUI METTRE UNE RACLÉE, À CET ENFOIRÉ DE PANDA !
LE PROBLÈME, C'EST QU'IL A UN COUTEAU...
DZZT
ET QU'IL PEUT DEVENIR INVISIBLE !
DZZT
J'ARRIVE TOUJOURS PAS À Y CROIRE...
JE N'AI AUCUNE CHANCE CONTRE ÇA !
EH ! MINUTE !
SI ÇA SE TROUVE, IL EST LÀ, À CÔTÉ DE MOI...
GLOUPS

QUEL ABRUTI ! JE L'AVAIS REPÉRÉ EN PREMIER, MAIS IL A FALLU QUE JE PANIQUE ET QUE JE M'ENFUIE !
MAINTENANT QUE JE L'AI PERDU DE VUE, JE VAIS AVOIR DU MAL À L'ATTAQUER, OU MÊME À QUITTER LE PARKING...
DU CALME... IL FAUT QUE J'OUVRE BIEN GRAND MES OREILLES !
À DÉFAUT DE LE VOIR, JE PEUX AU MOINS ENTENDRE SES BRUITS DE PAS...
4
J'Y PENSE... IL NE S'EST RENDU INVISIBLE QUE DEUX FOIS ET PENDANT UN LAPS DE TEMPS TRÈS COURT...
S'IL M'AVAIT REFAIT LE COUP ICI, JE N'AURAIS MÊME PAS SU QU'IL ÉTAIT LÀ !
SA FACULTÉ DOIT AVOIR DES LI-MITES...
SINON, IL S'EN SERAIT SERVI DÈS LE DÉBUT, DANS LE MÉTRO...
COMMENT FONCTIONNE SON POU-VOIR ?

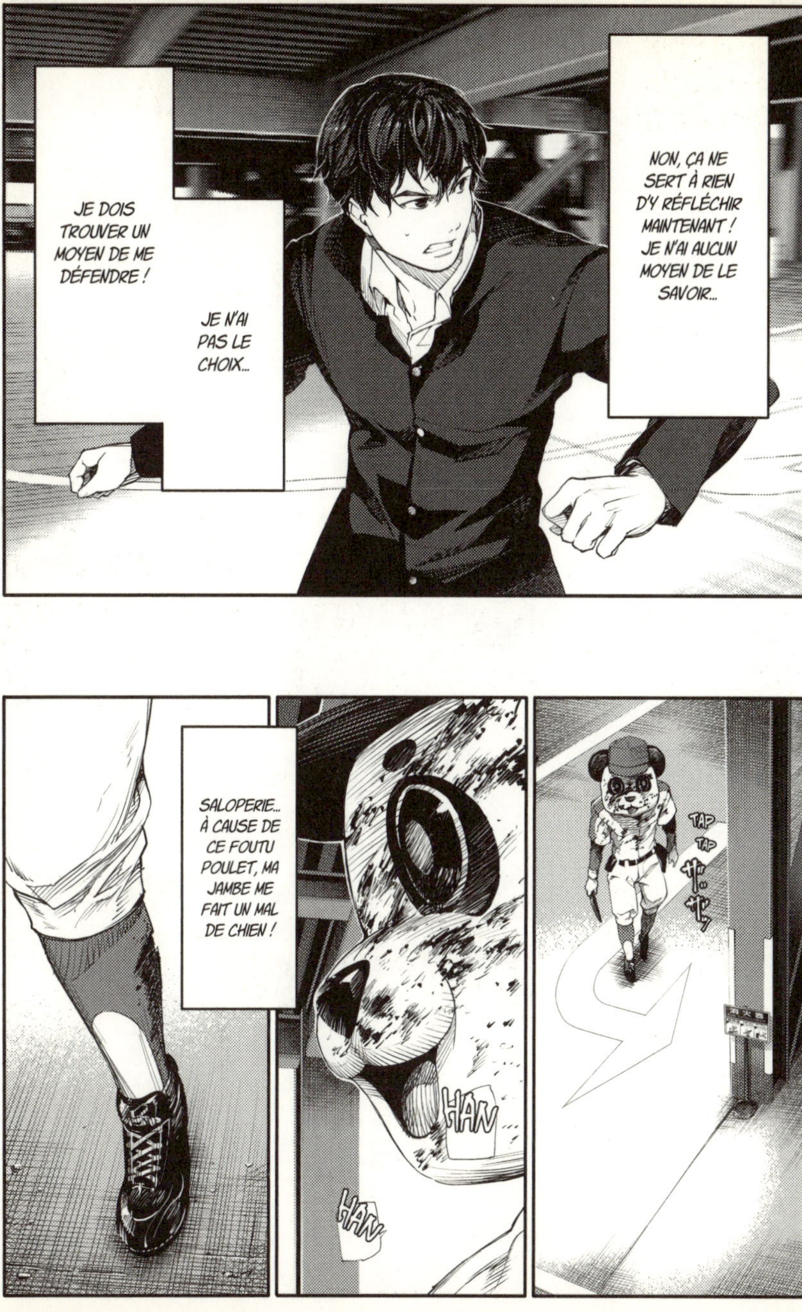
NON, ÇA NE SERT À RIEN D'Y RÉFLÉCHIR MAINTENANT ! JE N'AI AUCUN MOYEN DE LE SAVOIR...
JE DOIS TROUVER UN MOYEN DE ME DÉFENDRE !
JE N'AI PAS LE CHOIX...
TAP TAP
HAN
HAN
SALOPERIE... À CAUSE DE CE FOUTU POULET, MA JAMBE ME FAIT UN MAL DE CHIEN !

LA CARTE INDIQUE QU'IL S'EST BIEN RÉFUGIÉ DANS CE PARKING !
OÙ EST-CE QU'IL SE PLANQUE ?!
666
RECHERCHE
TOUR KIMURA
164
PARKING SORTIE EST
IL N'EST PAS AU TROISIÈME ...
À TOUS LES COUPS, IL EST MONTÉ !
666
4
JE SUIS AU QUATRIÈME... AU-DESSUS, ÇA DOIT ÊTRE LE TOIT...
IL NE ME RESTE PLUS BEAUCOUP DE TEMPS !
IL EST CORIACE, POUR UN DÉBUTANT !
VS
BANDA-BOY
COMBAT DANS : 00 : 10 : 12

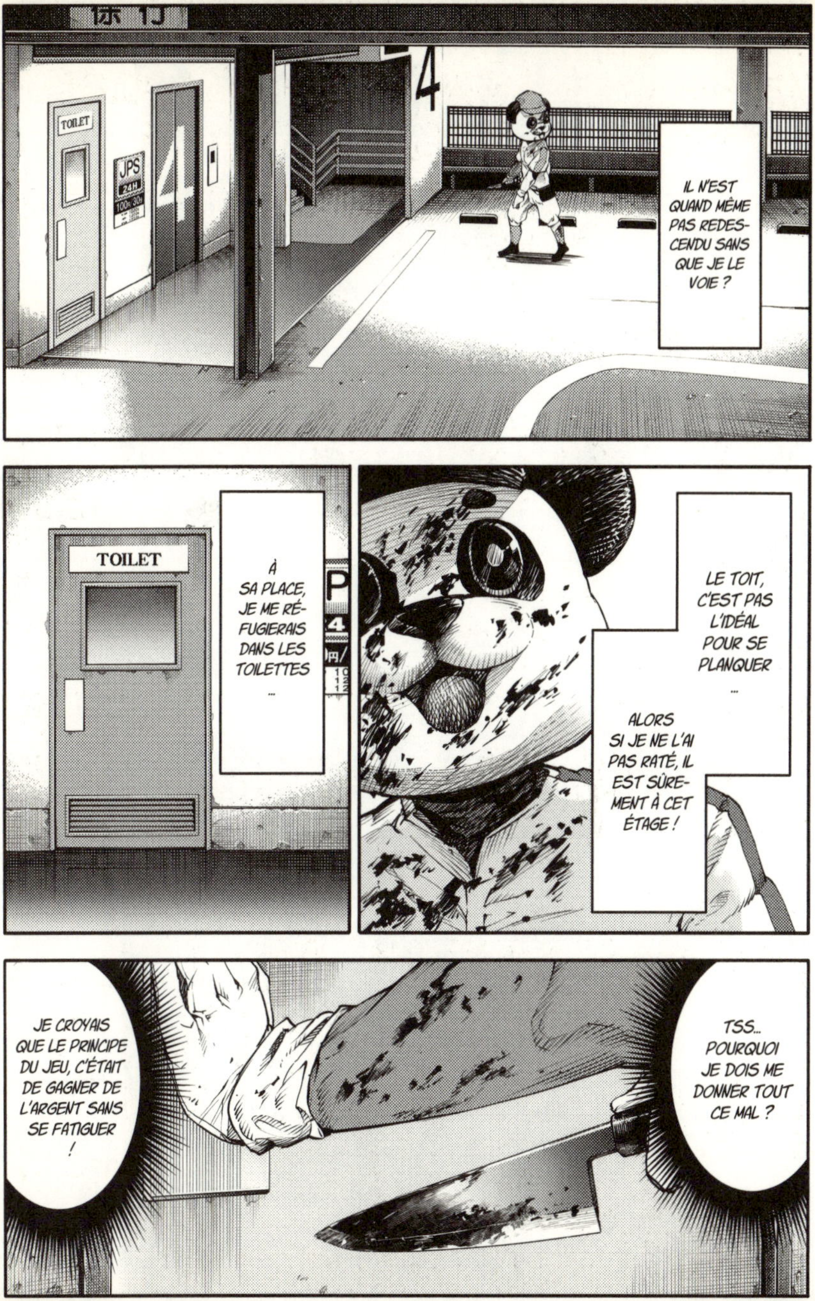
IL N'EST QUAND MÊME PAS REDESCENDU SANS QUE JE LE VOIE ?
TOILET
JPS
24H
4
LE TOIT, C'EST PAS L'IDÉAL POUR SE PLANQUER...
ALORS SI JE NE L'AI PAS RATÉ, IL EST SÛREMENT À CET ÉTAGE !
TOILET
À SA PLACE, JE ME RÉFUGIERAIS DANS LES TOILETTES...
TSS... POURQUOI JE DOIS ME DONNER TOUT CE MAL ?
JE CROYAIS QUE LE PRINCIPE DU JEU, C'ÉTAIT DE GAGNER DE L'ARGENT SANS SE FATIGUER !

LÀ, J'AI ÉTÉ OBLIGÉ DE BUTER UN FLIC ALORS QUE ÇA NE RAPPORTE RIEN...
JE ME SUIS MÊME PRIS UNE BALLE DANS LA JAMBE !
TOUT ÇA À CAUSE D'UN FOUTU MIOCHE...
QUI REFUSE DE CREVER !
IL ME FAUT DU FRIC !
À TOUT PRIX !
NE TE METS PAS ENTRE RIKA ET MOI, SALE PETIT MORVEUX !!
ALORS COMME ÇA, VOUS AIMEZ LE BASE-BALL, MONSIEUR KATO ?
UN PEU, OUI ! C'EST UN GRAND FAN DES SAIKYO PANDEMICS !
IL A MÊME ACHETÉ LA TENUE DE LEUR MASCOTTE À UNE VENTE AUX ENCHÈRES SUR INTERNET...
AH OUI, BANDA-BOY !

MOI AUSSI, J'ADORE CETTE ÉQUIPE !
IL FAUDRA ME MONTRER LE COSTUME, UN DE CES JOURS...
A... AVEC PLAISIR !
ギュ
PLOF
ガヤ
VROUM
BLA BLA
ガヤ
BON SANG ! J'AI ENVIE D'ALLER VOIR RIKA, MAIS MA PAYE NE TOMBE QUE DEMAIN !
FRSH
ペラ..
BIENVENUE
COMME VOUS ÊTES FONCTIONNAIRE...
IL N'Y A AUCUN SOUCI, POUR UN PRÊT !

VRRRR
VRRRR
UN MESSAGE DE TANAKA ?
DITES DONC ! J'ATTENDS TOUJOURS LE LOYER !
DÉSOLÉ, J'AI COMPLÈTEMENT OUBLIÉ !
JE VOUS PAIE DEMAIN, PROMIS ...
BOÎTE DE RÉCEPTION
From Tanaka
Sub Invitation Darwin's Game
Le joueur Tanaka vous invite à participer au Darwin's Game. Rejoignez vos amis et amusez-vous avec eux !
☆Darwin's Game est un jeu entièrement gratuit.
Pour jouer, cliquez sur le lien... → https://darwinsgame.com/?c=28c4fa16ca=fc571ac4a
OPTIONS
RÉPONDRE
DARWIN'S GAME ?
C'EST QUOI, CE TRUC ?
PAS LA PEINE DE VENIR RÂLER POUR UN JOUR DE RETARD, VIEILLE PEAU !
CLAC

MEURS...
KATOOO !!
TAP
FSHHHH
C'EST PAS MA FAUTE !
C'EST LUI QUI M'A AT-TAQUÉ !
HAN HAN
TRILILILILI
GLOUPS
GAGNÉ !
You Win!
BIP
VOUS RECEVEZ 18 POINTS !
POURQUOI JE REÇOIS UNE ALERTE DU JEU ?
s n'avez pas encore enregistré
s coordonnées de virement.
Merci de les communiquer pour convertir vos points en argent.
INSCRIPTION
ILS VEULENT MON NUMÉRO DE COMPTE EN BANQUE...

* PLUS DE 30 000 EUROS, NDT.

JE SUIS CONTENTE DE VOUS VOIR TOUS LES JOURS ...
MAIS VOUS N'ALLEZ PAS VOUS RUINER ?
NON, NE T'INQUIÈTE PAS !
JE SUIS PLUS RICHE QU'ON POURRAIT LE CROIRE !
UN CRÉDIT ? AUCUN PROBLÈME !
VOUS AVEZ REMBOURSÉ LE PRÉCÉDENT, JE VOUS FAIS CONFIANCE...
TANT QUE J'EN AURAI, TOUT MARCHERA COMME SUR DES ROULETTES !
DE L'ARGENT ! ENCORE PLUS D'ARGENT !
SALETÉ... ÇA PART VITE, CINQ MILLIONS...
ÇA NE SUFFIT PAS DU TOUT !
L'ENNUI, C'EST QUE JE NE PEUX PLUS EMPRUNTER...
FSH
AH, JE SAIS...
IL Y A LE JEU !
PERSONNE N'A SU QUE J'AVAIS TUÉ TANAKA...
JE N'AI QU'À CONTINUER À GAGNER DES POINTS !
Darwin's Game
START

HAMIKIRA
HAIR TONIC
FUSAGAIN
SHAKADO
Inviter un ami
Souhaitez-vous envoyer un message d'invitation ?
ENVOYER

BIP
C'EST QUOI, ÇA ?
UNE ESPÈCE DE JEU ?
Darwin's Game
START

POURQUOI JE FAIS MON RADIN ? JE N'AI QU'À LANCER UNE DEUXIÈME RECHERCHE !
BIP
BINGO !!
164
PARKING SORTIE EST
IL EST EN TRAIN DE TREMBLER DANS LES TOILETTES...
MON SIGIL S'EST RECHARGÉ... JE VAIS ME RENDRE INVI-SIBLE POUR LE PRENDRE PAR SUR-PRISE !
DZZT
DZZT
HA HA HA HA HA !!
ÇA SE VOIT TOUT DE SUITE QU'IL EST PLANQUÉ DANS LA DERNIÈRE CABINE !
IL CROIT QU'EN S'EN-FERMANT, IL SERA À L'ABRI ?!
HÉ HÉ HÉ... SI JE N'AVAIS EU QU'UN COUTEAU, ÇA AURAIT PU POSER PROBLÈME...

SAUF QUE PAS DE CHANCE...
J'AI UN FLINGUE ! TU NE M'EN VEUX PAS, HEIN ?
FSHHH
J'AI BIEN FAIT DE LE PRENDRE AU POLICIER !
J'AURAIS AIMÉ AVOIR UN CHARGEUR EN PRIME, MAIS ON SE DÉBROUILLE AVEC CE QU'ON A...
CRIII
BANG
BANG
BANG
BANG
PLACARD À BA

YAAAAAAAAAAAAAAH !!
PSCHIIIT
HEIN ?!
NOM DE DIEU !!

JE N'Y VOIS...
PLUS RIEN !
PSCHIIIT
SALE MORVEUX !!
JE TE TIENS, ENFOIRÉ !
TAP
BAM
ARGH... NON !
PAS SI VITE !!

PLOF
PAF
CLANG
CLANG
L... LÂCHE-MOI !!
VLAN
AAAH !!

HEIN ?!
DZZT
DZZT

VLAN
PLAF
BON SANG !
OH NON !

LE COU-TEAU ! VITE !
スッ
FSH
DZZT
ジジ
DZZT
ジジ
FSH
フワ…

HÉ HÉ ...
HÉ HÉ HÉ HÉ HÉ... IL M'EN AURA BIEN FAIT BAVER, LE DÉBUTANT !
OÙ TU ES ?!
MONTRE-TOI, ESPÈCE DE LÂCHE !
"LÂCHE" ? EN QUOI C'EST LÂCHE DE SE SERVIR DE SON SIGIL ?!
JE NE PEUX MÊME PAS L'UTILISER EN CONTINU ! EN PLUS, JE SUIS OBLIGÉ DE ME DÉPLACER AU RALENTI, SINON ON DISTINGUE MA SILHOUETTE...
NE VA PAS CROIRE QUE C'EST UNE PARTIE DE PLAISIR !!
JE N'AI PAS LE CHOIX, GAMIN ! JE DOIS TE BUTER !

BAM

ノ注意

CRIIII
CLAC
CLAC
ÇA CRAINT, ON A HEURTÉ QUELQUE CHOSE !
LE CAPOT EST CA-BOSSÉ !
JE NE VOIS RIEN, POURTANT ...
IL Y A JUSTE UN LY-CÉEN !
BON, ON S'EN FICHE ! ON VA ÊTRE EN RETARD ...
GROUILLE !
VROUM

DZZT
DZZT
OH LA VACHE ! IL EST MORT ?
DZZT
DZZT
GH... AAAH ...
ON DIRAIT QUE NON...
J'AI INTÉRÊT À L'IMMOBI-LISER !
ARGH ...

AH... AAAH ...
MA NUQUE... J'AI MAL !
ÉPARGNE-MOI, PITIÉ ...
ET PUIS QUOI ENCORE ?!
ALORS TOI, TU MANQUES PAS D'AIR !!
OH, JE NE VAIS PAS TE BUTER, RASSURE-TOI !
JUSTE TE LIVRER À LA POLICE !
SNIF... SNIF...
ET TU CHIALES, EN PLUS ?! LAMENTABLE !
ALLEZ, MONTRE-MOI TON VISAGE !
NON !
QUOI ?
C'EST PAS VRAI !

MONSIEUR KATO ?!
SNIF ... SNIF ...
UN PROF QUI TENTE D'ASSASSINER...
UN ÉLÈVE DE SON LYCÉE...
ÇA ME DONNE ENVIE DE VOMIR !!
SNIF... SNIF...
QU'EST-CE QUE TU AS À DIRE POUR TA DÉFENSE ?!
SNIF... JE NE VEUX PAS MOURIR...
PUISQUE JE TE DIS QUE JE NE TE TUERAI PAS !
JE NE SUIS PAS UN MEURTRIER, MOI !

LE TEMPS EST ÉCOULÉ ! LE SYSTÈME VA DÉSIGNER LE VAINQUEUR !
PANDEMIC
666
MON PORTABLE ?!
J'AVAIS OUBLIÉ DE LE COUPER ?!
COMBAT TERMINÉ
BIP
BANDA-BOY
VS
KANAME SUDO
ÉVALUATION EN COURS...
judgment
DÉGÂTS
Damaged Points
84
C'EST FINI, JE SUIS FOUTU ...
BANDA-BOY
KANA
ÉVALUATION EN COURS...
judgment
DÉGÂTS
Damage Points
BIP
168
INTS TECHNIQUES
Technical Points
BIP
45
TS ARTISTIQUES
Artistic Points
CLIC CLIC
36
TOTAL
al Points
14:47
COMBAT TERMINÉ
BANDA-BOY
VS
KANAME SUDO
ÉVALUATION EN COURS...
judgment
12
DÉGÂTS
Damage Points
168
82
POINTS TECHNIQUES
Technical Points
45
0
POINTS ARTISTIQUES
Artistic Points
72
BIP
94
TOTAL
Total Points
285

WIN!!
J... JE NE VEUX PAS DISPA-RAÎTRE...
J'AI ENCORE PLEIN DE CHOSES À FAIRE !
TCHAC
RIKAAAA !!
TCHAC
AAAH ! PITIÉ, NON !!
TCHAC
SP PANDEMICS
TCHAC
TCHAC

A... ARRÊTEZ ...
TCHAC

FSHHHH
シュウウウウウ
JPS 24H
JPS 24H
AAAAAAAH !!
ÇA ALORS ! IL A GAGNÉ SANS L'AIDE DE SON SIGIL !
IL EST DOUÉ, LE PETIT KANAME... ♡
COMMISSARIAT DE JINGU
JINGU POLICE STATION
C'EST VRAI QU'IL EST GIGANTESQUE, LE COMMISSARIAT DE JINGÛ !
ARRÊTE DE FAIRE TON TOURISTE, J'AI HONTE POUR TOI !

GROUPE CONJOINT D'ENQUÊTE
ACTES DE VANDALISME URBAIN DANS LA RÉGION DE TOKYO
IL Y EN A, DU MONDE !
C'EST LA PREMIÈRE FOIS QUE J'ASSISTE À CE GENRE DE RÉUNION ...
C'EST L'HEURE, MONSIEUR LE DIRECTEUR...
BIEN, TU PEUX COMMENCER...
SILENCE, JE VOUS PRIE !
JE DÉCLARE OUVERTE LA CONFÉRENCE SUR LES RÉCENTES DÉGRADATIONS COMMISES DANS LA RÉGION DE TOKYO !

TOUT D'ABORD, UN MOT DE M. FURUKAWA, DIRECTEUR DE LA PREMIÈRE DIVISION D'ENQUÊTE DE LA PRÉFECTURE DE POLICE ...
BONJOUR ! C'EST MOI QUI DIRIGERAI LES INVESTIGATIONS...
COMME CERTAINS D'ENTRE VOUS ONT DÛ LE VOIR AUX INFOS...
NOTRE AFFAIRE DE VANDALISME VIENT DE PRENDRE UNE NOUVELLE AMPLEUR !
JETEZ UN ŒIL AU DOCUMENT QU'ON VOUS A DISTRIBUÉ...
PAGE... EUH... COMBIEN, DÉJÀ ?
45 !
OUI, VOILÀ, PAGE 45 !
BIEN !
JE TE LAISSE CONTINUER, AYANOKOJI ...
HA HA HA !
J'AI L'IMPRESSION QUE C'EST CET AYANOKOJI QUI EST EN CHARGE...
REGARDE PLUTÔT ÇA...
C'EST ALLÉ LOIN, CETTE FOIS !
BAH, JE SUIS SÛR QU'ON FAIT ENCORE UNE MONTAGNE DE PAS GRAND-CH...

DÉGRADATION DU MONUMENT À L'ENTRÉE DE LA GARE DE SHIBUYA

CETTE PHOTO A ÉTÉ PRISE CE MATIN À SIX HEURES DEVANT LA GARE DE SHIBUYA !
LA PREMIÈRE DIVISION D'ENQUÊTE SOUPÇONNE UNE ORGANISATION CRIMINELLE INCONNUE DE SE CACHER DERRIÈRE CES ACTES DE VANDALISME...
EN CONSÉQUENCE, NOUS AVONS DÉCIDÉ DE METTRE EN PLACE UN GROUPE D'INVESTIGATION REGROUPANT TOUTES LES FORCES DE POLICE DE LA RÉGION !

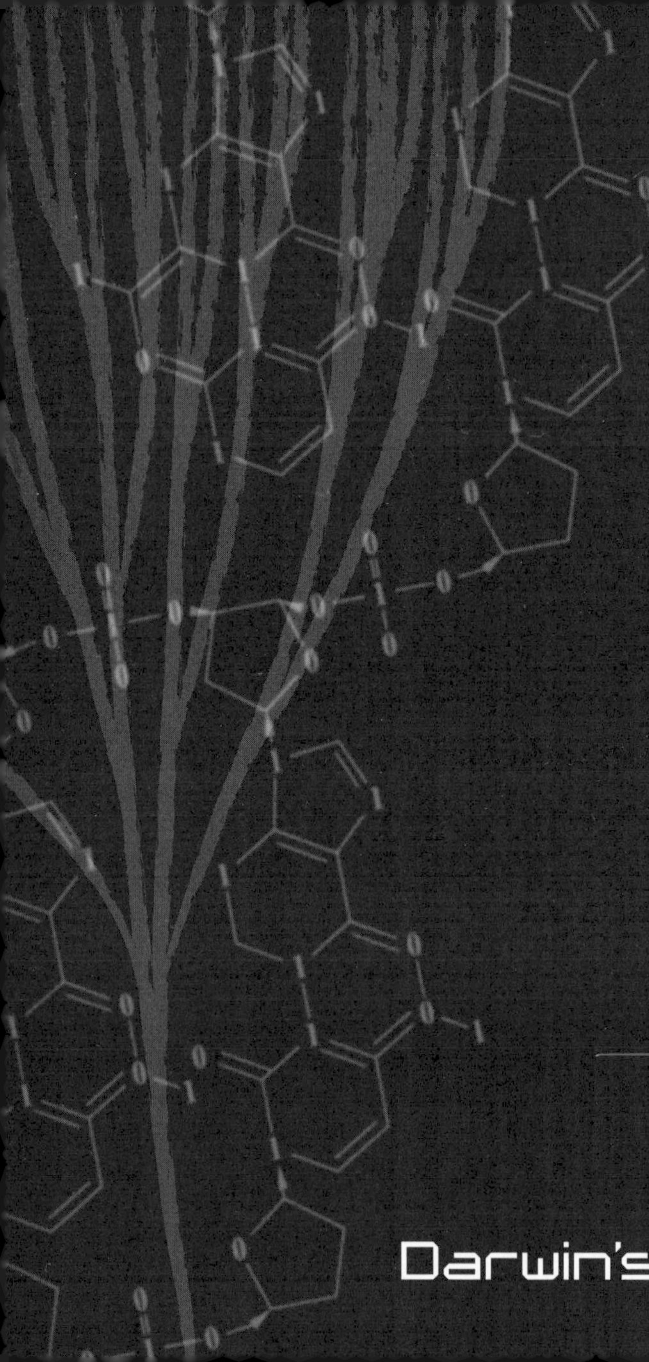

Darwin's Game

Game 04

JPS 24H
100円/30分
日本駐車場サービス株式会社
上浦賀駅東口パーキング
空車
OLICE
KEEP OUT
C'EST LA DEUXIÈME FOIS EN DEUX JOURS !
VU LA FRÉQUENCE ET L'AMPLEUR DES DÉGÂTS, ÇA NE PEUT PAS ÊTRE L'ŒUVRE D'UNE SEULE PERSONNE...

IL Y A COMBIEN DE CAMÉRAS DE SURVEIL-LANCE, ICI ?
UNE À L'ENTRÉE ET UNE À LA SORTIE...
LES ENREGISTRE-MENTS SONT EN COURS DE VISIONNAGE !
BIEN ! PENDANT CE TEMPS, ON VA POSER QUELQUES QUESTIONS DANS LE QUARTIER !
ON EST TOUT PRÈS DE LA GARE, IL Y A PEUT-ÊTRE EU DES TÉ-MOINS...
ÇA MARCHE !
TIENS ?
UNE TRACE DE FREINAGE TOUTE FRAÎCHE !
C'EST NORMAL, SUR UN PARKING...
TU FREI-NERAIS À CET ENDROIT, TOI ?
⑧ 徐行
TIENS DONC ! LE SERGENT TAGONAKA ET L'OFFI-CIER SAKAKI !
QU'EST-CE QUE VOUS FAITES ICI ?

ON ENQUÊTE SUR NOTRE AFFAIRE DE VANDALISME, PARDI !
ET TOI ? JE CROYAIS QUE TU T'OCCUPAIS DU MEURTRE DE L'AGENT EN POSTE DEVANT LA GARE !
AH, D'ACCORD, C'EST VOTRE SCÈNE DE CRIME !
JE COMPRENDS MIEUX POURQUOI LE PARKING EST BOUCLÉ...
EN FAIT, UN CIVIL A TROUVÉ LE REVOLVER DU POLICIER ASSASSINÉ...
DANS LES TOILETTES DU QUATRIÈME ÉTAGE !
IL L'A D'ABORD PRIS POUR UNE RÉPLIQUE, MAIS QUAND IL S'EST RENDU COMPTE QUE C'ÉTAIT UN VRAI, IL NOUS L'A APPORTÉ ...
ALORS JE VENAIS EXAMINER LES LIEUX ...
QU'EST-CE QUE VOUS EN PENSEZ ?
QUE CELUI QUI N'Y VERRAIT QU'UNE COÏNCIDENCE POURRAIT RENDRE SON INSIGNE !

SUDO
201
HMM...
QUELLE HEURE IL EST ?
POURQUOI JE ME SUIS COUCHÉ TOUT HA-BILLÉ ?

NON ! ÇA ME REVIENT !
CETTE HISTOIRE N'ÉTAIT PAS UN CAUCHEMAR, MALHEUREU-SEMENT...
TOUT ÇA À CAUSE DE CETTE APPLI...
DARWIN'S GAME !

C'EST TERMINÉ, MAINTENANT...
IL N'Y A PLUS RIEN À CRAINDRE, HEIN ?!
SALETÉ !
PROF
BRR
BRR
QU'EST-CE QUE C'EST...
QUE CE FOUTU JEU ?!
QUAND JE PENSE QU'UN PROF VOULAIT ME FAIRE LA PEAU !
DZZT
LES FLICS NE ME CROIRONT JAMAIS, SI JE LEUR PARLE D'UN HOMME INVISIBLE...
SPLASH

COMMENT JE VAIS GÉRER CETTE HISTOIRE, MOI ?
CRR
J'EN PARLE À UN POTE ?
SHINOZUKA OU HIROYUKI ...
NON, ILS NE ME PRENDRONT JAMAIS AU SÉRIEUX...
EN MÊME TEMPS...
ANNUAIRE
Hiroyuki Kyoda
Junichi Kusunoki
Soji Takigawa
À LA BASE, C'EST LE MESSAGE DE HIROYUKI QUI A TOUT DÉCLENCHÉ !
IL SAIT FORCÉMENT QUELQUE CHOSE...
SI ÇA SE TROUVE, IL S'EST RETROUVÉ EMBARQUÉ DANS LE JEU, COMME MOI !

ALLEZ, HIROYUKI !
TUUUUT
TUUUUT
RÉPONDS !
BIP
LE NUMÉRO QUE VOUS AVEZ COMPOSÉ N'EST PAS DISPONIBLE...
PAS MOYEN DE LE JOINDRE... IL EST EN COURS ?
POURTANT, IL A SÉCHÉ HIER...
ET MERDE... S'IL JOUE AU DARWIN'S GAME, IL EST EN DANGER, LUI AUSSI !
EST-CE QU'IL VA BIEN, AU MOINS ?
POURVU QU'IL NE SOIT PAS MORT !

CE SALAUD DE BANDA-BOY, C'ÉTAIT SON PROF PRINCIPAL !
ET SI JAMAIS ...
IL L'AVAIT...
DU CALME ! RIEN N'EST ENCORE SÛR !
RÉFLÉCHIS PLUTÔT À LA MARCHE À SUIVRE, KANAME !
CETTE FILLE QUI M'A PARLÉ PENDANT LE COMBAT... C'ÉTAIT QUOI, SON NOM ? SHUKA ?
ELLE ÉTAIT PLUTÔT SYMPA...
JE POURRAIS LUI DEMANDER CONSEIL !
SAUF QUE POUR LA CONTACTER, JE SUIS OBLIGÉ DE PASSER PAR L'APPLI...
ÇA NE ME PLAÎT PAS DU TOUT...
ET SI JE ME FAISAIS ENCORE ATTAQUER PAR UN MALADE SURGI DE NULLE PART ?!
EN MÊME TEMPS, SI JE VEUX EN SAVOIR PLUS, JE N'AI PAS LE CHOIX...

ET PUIS ZUT !
BIP
JE PRÉFÈRE AVOIR UNE IDÉE DE CE QUI M'ATTEND !
MENU
STATUT
GACHA
POINTS
COMBAT
CLASSEMENT
CLAN : AUCUN
NOM : KANAME SUDO
SCORE : 1 COMBAT
1 VICTOIRE
POINTS : 40
DÉTAILS
BON...
AUCUN PSYCHOPATHE EN VUE...
1 VICTOIRE
DÉTAILS
POINTS : 40
PAS D'ÉVÉNEMENT EN COURS
ACTIVITÉ RÉCENTE
e progression dans le classement
bloqué la fonction gacha !
us avez gagné le combat contre Banda
us avez reçu un message de Shuka.
NOUVEAU JOUEUR
VOILÀ DÉJÀ L'HISTORIQUE... IL Y A MÊME UN LIEN SUR LE NOM DE SHUKA !
MIEUX VAUT ÉVITER D'APPUYER SUR "COMBAT"...
OÙ EST LE TUTO ?
COMBAT

SHUKA
CLAN : AUCUN
NOM : SHUKA
SCORE : 49 COMBATS
49 VICTOIRES
ENVOYER UN MESSAGE
"ENVOYER UN MESSAGE"... BON, ALLONS-Y !
ENVOYER UN
Merci pour tes conseils, hier. J'aurais d'autres questions à te poser, si tu veux bien.
ENVOYI
BIP
ENVOY
ELLE N'A PAS L'AIR DÉCIDÉE À RÉPONDRE ...
EN ADMETTANT QU'ELLE AIT BIEN REÇU MON MESSAGE ...
JE VAIS ÊTRE OBLIGÉ D'APPRENDRE SUR LE TAS !

WAOUH !
BLA BLA ガヤ
BLA BLA ガヤ
C'EST DINGUE !!
MATE UN PEU ÇA !
POF

SHUKA ! JE TE PARLE !
HEIN ?
QU'EST-CE QU'IL Y A, ROKKO ?
ON VA FAIRE UN TOUR À SHIBUYA, APRÈS LES COURS ?
POURQUOI ?
REGARDE... C'EST INCROYABLE, NON ?!

JE VEUX VOIR ÇA DE PRÈS !
MALHEU-REUSEMENT, C'EST TROP TARD !
FSH
ÉTRANGER
HOOU!! News
LE MONUMENT DEVANT LA GARE DE SHIBUYA DÉGRADÉ
Mis en ligne à 11 h 15.
[Tokyo, hier] On a découvert hier que le monument devant la gare de Shibuya avait subi d'importantes dégradations. Le commissariat de Jingû a dépêché des hommes sur place le jour même, après quoi la police a ouvert une enquête pour vandalisme. [suite]
RECOMMANDONS
STREET ART
ENQUÊTE POUR VANDALISME
ARRESTATION
LISTE DE SUSPECTS
ILS N'Y SONT PAS ALLÉS DE MAIN MORTE...
QUI A BIEN PU FAIRE ÇA, À TON AVIS ?
TOI AUSSI ?
ÇA, J'AIMERAIS BIEN LE SAVOIR !
BIP
BOÎTE DE RÉCEPTION
info@darwinsgame.com
ANNONCE DU WEBMASTER DARWIN'S GAME
02/07 11 : 29
Vous avez reçu un message de Kaname Sudo !
Pour le consulter, cliquez sur le lien : https://darwinsgame.com/?a=fc2f6d169&b=da4628eaf3cf2a

TU NE RÉPONDS PAS ?
JE NE VEUX PAS DONNER L'IMPRESSION D'ÊTRE TROP INTÉRESSÉE ...
PAS TOUT DE SUITE !
HMM...
JE VOIS, MADEMOISELLE VEUT SE FAIRE DÉSIRER ?
C'ÉTAIT UN MESSAGE D'UN GARÇON, AVOUE !
TU AS UN COPAIN !
HEIN ?!

N'IMPORTE QUOI !
JE L'AI MÊME PAS ENCORE RENCONTRÉ, CE MEC !
DING
DONG
TU AS INTÉRÊT À M'EN DIRE PLUS !
TU T'ENFONCES, MA CHÈRE !
DING
DONG
BON... LE BOUTON "COMBAT", JE N'Y TOUCHE SURTOUT PAS ...
MAIS PAR OÙ COMMENCER ?
JE NE TIENS PAS À VOIR RESSURGIR UN CINGLÉ COSTUMÉ !
J'AI L'IMPRESSION D'ÊTRE UN DÉMINEUR...
VOYONS L'HISTORIQUE...
PAS D'ÉVÉNEMENT EN COURS
ACTIVITÉ RÉCENTE
rogression dans le classement
qué la fonction gacha !
avez gagné le combat contre Ba
avez reçu un message de Shuka.
→ SUITE
FONCTION GACHA DÉBLOQUÉE, COMBAT GAGNÉ, MESSAGE DE SHUKA...

MENU
STATUT
RÉCUPÉREZ DES ITEMS RARES
COÛT D'UN ESSAI : 1 PO
(VOUS AVEZ : 40 POINTS)
TIRER UNE BOULE GACHA
ÇA DOIT ÊTRE ÇA, LA FONCTION GACHA...
JE NE SUIS PAS SÛR DE VOULOIR SAVOIR CE QU'IL Y A DANS CES BOULES...
ENFIN, VU QUE J'AI 40 POINTS, JE VAIS QUAND MÊME FAIRE UN ESSAI !
ÇA POURRAIT M'ÊTRE UTILE...
BIP
BLOP
GH...
GH...
BEUARGH...
PLOC
PLOC
TADAM
VOUS AVEZ GAGNÉ
UN ITEM RARE !!
UN ITEM RARE ?
C'EST EXACTEMENT COMME DANS UN JEU ORDINAIRE...

BAM
GLOUPS
C'ÉTAIT QUOI, CE BRUIT ?
QU'EST-CE QUI VA ENCORE ME TOMBER DESSUS ?
UN... UN COLIS ?!
D'OÙ IL SORT ?
JE N'AI RIEN COMMANDÉ, MOI !
konozama.com
SCRITCH
J'AI UN TRÈS MAUVAIS PRESSENTIMENT...

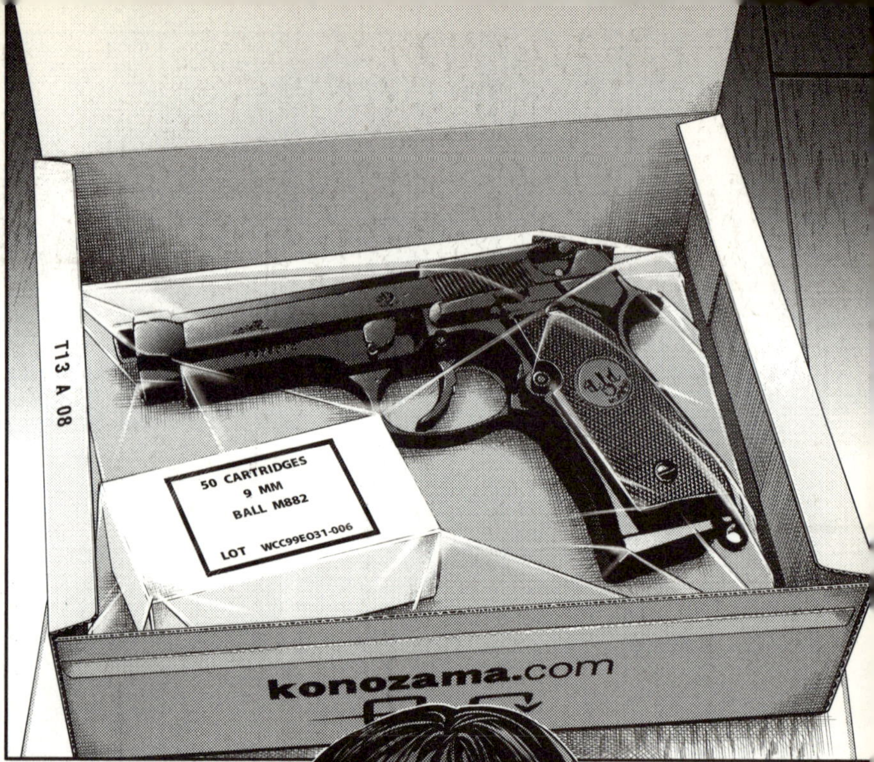
T13 A 08
50 CARTRIDGES
9 MM
BALL M882
LOT WCC99E031-006
konozama.com

JE HAIS CE JEU...

FRSH
FRSH
CE TRUC EST DRÔLEMENT LOURD...
À TOUS LES COUPS, C'EST UN VRAI !
ET CETTE BOÎTE, CE SONT LES MUNITIONS ?
WAOUH ! JE N'EN AVAIS JAMAIS TOUCHÉ AVANT !
IL Y EN A COMBIEN EN TOUT ?
DING DONG
AAAH !!
TAC
TAC

AH, BRAVO !
C'EST BIEN LE MOMENT !!
ジャラッ
CLAC
ジャラ
CLAC
ピンポーン
DING
DONG
IL INSISTE, EN PLUS !
JE FAIS SEMBLANT D'ÊTRE ABSENT ?
QUI ÇA PEUT ÊTRE ?
SI C'EST UN DÉMARCHEUR, QU'IL AILLE SE FAIRE VOIR !
HEIN ?

OHÉ !
KANAME SUDO ! TU ES LÀ, HEIN ?
TU VEUX BIEN OUVRIR ? C'EST LA POLICE !
SERGENT
Yukimasa TAGONAKA
TU AS PERDU QUELQUE CHOSE, NON ?
LA POLICE ? QU'EST-CE QU'ILS ME VEULENT ?!
DE QUOI ILS PAR-LENT ?
MON SAC !!
AH !
MAIS OUI... JE L'AI LAISSÉ AU POSTE DE KAMIURAGA !
ILS NE ME SOUP-ÇONNENT PAS D'AVOIR TUÉ LE FLIC, AU MOINS ?

IL DOIT ÊTRE ABSENT ...
NON, IL EST DERRIÈRE LA PORTE, J'EN SUIS SÛR !
ILS POUVAIENT PAS TOMBER PLUS MAL !
S'ILS VOIENT LE FLINGUE, JE SUIS FOUTU...
TOC
TOC
TOC
JE SAIS QUE TU ES LÀ, PETIT !
TU N'AS RIEN À CRAINDRE !
CLIC
CLAC
CLAC
KOF
KOF
DÉSOLÉ, J'ÉTAIS COUCHÉ ...
JE NE ME SENS PAS TRÈS BIEN, AUJOURD'HUI !

AH, D'ACCORD ! DÉSOLÉ DE TE DÉRANGER...
ON EST DU COMMISSARIAT D'URAGA... ON TE RAMÈNE TON CARTABLE !
LE VOILÀ ...
TU PEUX OUVRIR ?
UNE PETITE MINUTE !
BAM
L'ENTRÉE EST UN PEU ENCOMBRÉE !
ATTENDS ! ON VEUT JUSTE TE RENDRE TON SAC !
ON DIRAIT QU'IL SE MÉFIE DE NOUS...
BAH, IL DOIT ÊTRE EN TRAIN DE PLANQUER SES REVUES PORNO !
IL N'A PAS ENVIE QUE DES FLICS LES VOIENT...

DÉSOLÉ DE VOUS AVOIR FAIT ATTENDRE...
CLAC
TIENS !
MERCI BEAUCOUP !
ON AURAIT DEUX OU TROIS QUESTIONS À TE POSER, SI ÇA NE TE DÉRANGE PAS...
J'EN ÉTAIS SÛR !
EUH... À QUEL SUJET ?
TU CONNAIS LE POSTE DE POLICE DEVANT LA GARE ? C'EST LÀ QU'ON A TROUVÉ TON SAC !
TU PEUX NOUS DIRE COMMENT IL EST ARRIVÉ LÀ ?

QU'EST-CE QUE JE LEUR RÉPONDS ?
SI JE LEUR RACONTE DES SALADES, ILS VONT ME TROUVER LOUCHE...
D'UN AUTRE CÔTÉ, SI JE LEUR DIS QU'UN HOMME INVISIBLE DÉGUISÉ EN PANDA A ESSAYÉ DE ME TUER, JE SUIS BON POUR L'HÔPITAL PSYCHIATRIQUE !
TANT PIS, JE VAIS ESSAYER DE LES BARATINER...
HIER, J'AI EU DES ENNUIS AVEC UN DRÔLE DE TYPE...
ALORS JE SUIS ALLÉ DEMANDER DE L'AIDE AU POSTE...
UN DRÔLE DE TYPE ? COMMENT ÇA ?
J'AI DÛ DÉPOSER MON SAC QUELQUE PART ET L'OUBLIER EN PARTANT !
IL PORTAIT UN DÉGUISEMENT ET IL AVAIT UN COUTEAU...
UN COUTEAU ?
FRSH
SON DÉGUISEMENT, CE N'ÉTAIT PAS CELUI-LÀ, PAR HASARD ?
OUI, C'EST ÇA !
JE LE RECONNAIS !!
ILS SONT DÉJÀ AU COURANT, POUR LE COSTUME ?!
JE DEVRAIS PEUT-ÊTRE TOUT LEUR BALANCER...

"BANDA-BOY A POIGNARDÉ LE POLICIER APRÈS S'ÊTRE RENDU INVISIBLE...
PUIS IL M'A POURCHASSÉ JUSQUE DANS UN PARKING, ET FINALEMENT IL A ÉTÉ DÉSINTÉGRÉ MORCEAU PAR MORCEAU !"
LAISSE TOMBER...
ILS RISQUENT DE CROIRE QUE C'EST MOI QUI L'AI FAIT DISPARAÎTRE !
À QUELLE HEURE TU T'ES RENDU AU POSTE ?
ENSUITE, LA MASCOTTE INVISIBLE A DÉZINGUÉ VOTRE COLLÈGUE !
EUH... RIEN DE SPÉCIAL... JE SUIS RENTRÉ CHEZ MOI !
IL DEVAIT ÊTRE ENVIRON 13 HEURES...
QU'EST-CE QUI S'EST PASSÉ ENSUITE ?
TU AS UNE IDÉE DE QUI SE TROUVAIT SOUS LE MASQUE ?
M. KATO, LE PROF PRINCIPAL DE HIROYUKI...
QUANT À SAVOIR D'OÙ VENAIT SON POUVOIR... AUCUNE IDÉE !
N... NON ...
IL M'A AGRESSÉ COMME ÇA, SANS RAISON !

EUH... EST-CE QUE C'EST UN INTERROGA-TOIRE ?
NON, PAS DU TOUT !
VOICI MA CARTE...
ON VOULAIT JUSTE TIRER CERTAINS POINTS AU CLAIR ! PARDON DE T'AVOIR EMBÊTÉ ALORS QUE TU ES MALADE !
N'HÉSITE PAS À M'APPELER OU À FAIRE LE 110 EN CAS DE PROBLÈME...
M... MERCI !
BAM
SI ÇA SE TROUVE, IL CONNAÎT LE COUPABLE ...
S'IL N'AVAIT PAS ÉTÉ MINEUR, JE L'AURAIS SECOUÉ UN PEU !
ALLEZ-Y MOLLO, AVEC LE STYLE MÉCHANT FLIC...
QU'EST-CE QUE TU EN PENSES ?
IL NOUS CACHE QUELQUE CHOSE, C'EST ÉVIDENT !
CELA DIT, JE LE VOIS MAL TUER UN POLICIER ...
DIRE QUE L'AF-FAIRE SERAIT DÉJÀ RÉSOLUE SI LES CAMÉRAS DU PARKING ET DU POSTE DE KAMIURAGA N'ÉTAIENT PAS TOMBÉES EN PANNE À L'INSTANT CRUCIAL...
TU RI-GOLES ?
TU AP-PELLES ÇA "TOM-BER EN PANNE" ?!

ELLES ONT CESSÉ DE FONCTIONNER DIX MINUTES PILE AU MOMENT DU CRIME, NOM DE DIEU !
QUELQU'UN LES A SABOTÉES, C'EST ÉVIDENT !
PAF
C'EST AUSSI CE QUE J'AURAIS TENDANCE À PENSER, SAUF QU'IL Y A UN HIC ...
PASSE ENCORE POUR LES CAMÉRAS DU PARKING, MAIS QUI AURAIT EU ACCÈS À CELLES DU POSTE DE POLICE ?
FRSH
LÀ EST BIEN LA QUESTION !
ET ON RISQUE DE NE PAS AIMER LA RÉPONSE ...
V... VOUS SOUPÇONNEZ QUELQU'UN DE LA MAISON ?!
JE DIS JUSTE QUE SI LE MATÉRIEL A EFFECTIVEMENT ÉTÉ SABOTÉ, ON AURA UN GROS PROBLÈME SUR LES BRAS !
EN TOUT CAS, CETTE AFFAIRE EST BIEN PLUS QU'UN SIMPLE HOMICIDE...
VOUS COMMENCEZ À M'INQUIÉTER !
VROUM
ILS ONT FINI PAR ME LÂCHER...
PFIOU...
J'AI BIEN CRU QU'ILS ALLAIENT M'ACCUSER DU MEURTRE !

PAR CONTRE, ILS ONT DES DOUTES, C'EST CLAIR !
ET AVEC TOUT ÇA, JE NE SUIS PAS PLUS AVANCÉ SUR CE MAUDIT JEU...
BON SANG ...
JE NE SAIS PLUS QUOI FAIRE...
JE SUIS COMPLÈTEMENT PAUMÉ !
BIP BIP
GLOUPS
ENCORE UN MESSAGE DU DARWIN'S GAME ?!
QU'EST-CE QUE C'EST, CETTE FOIS ?
darwinsgame.com
ANNONCE DU WEBMASTER DARWIN'S GAME
01/07 12.
Vous avez reçu un message de Shuka !
ur le consulter, cliquez sur le lien :
s://darwinsgame.com/?a=fc2
=da4628eaf3cf2a
AH ! SUPER, SHUKA M'A RÉPONDU !

J'aurais d'autres questions à te poser, si tu veux bien.
Kaname Sudo 11:28
Je peux t'apprendre tout ce que tu as besoin de savoir sur le jeu ! Si ça t'intéresse, viens ce soir à 22 h à cette adresse : ΔΔΔXX-XXX, arrondissement OO, Tokyo.
Shuka 12:40
HMM... LA PROPOSITION EST TENTANTE...
MAIS POURQUOI ELLE VEUT QU'ON SE VOIE LA NUIT ?
EST-CE QUE JE PEUX VRAIMENT LUI FAIRE CONFIANCE ?!
APRÈS TOUT, ELLE DIT BIEN CONNAÎTRE UN JEU...
QUI CONSISTE EN DES COMBATS À MORT !
恵比寿
Ebisu
三田
Mita
305

ASSOCIATION AKITA
AAH ...
ONE ! IL SE RÉVEILLE !
TAP
GH... VOUS ÊTES LES EIGHTH, HEIN ?
UNE VULGAIRE BANDE DE VOYOUS... VOUS ALLEZ REGRETTER DE VOUS ÊTRE ATTAQUÉS À AKITA !
ARGH ...
VLAN
TU M'EN DIRAS TANT...
LAISSE-MOI TE METTRE AU PARFUM, MONSIEUR LE SECOND !
CRR

AKITA N'EXISTE PLUS... HA HA !
TU ES LE SEUL SURVIVANT, MON POTE !
AMENEZ-MOI LE BIG BOSS, LES GARS !!
OK !
PLAF
P...
PATRON !!

ESPÈCES D'ENFOIRÉS !!
VOUS ÊTES DES HOMMES MORTS ! JE VAIS TOUS VOUS BUTER !!
AH LÀ LÀ... JE LE PLAINS, TON BOSS !
IL ÉTAIT ENTOURÉ DE MINABLES MÊME PAS FICHUS DE LE PROTÉGER...
CHEZ VOUS, LES YAKUZAS, ON SE COUPE UNE PHALANGE EN CAS D'ÉCHEC, NON ?
NE BOUGE PAS, JE VAIS LE FAIRE POUR TOI !
TE FOUS PAS DE MA GUEULE ! JE VAIS...
TCHAC
FSHHH
AAAAAAAAAAAH !
FUIT FUIT
HA HA HA HA ! C'EST UNE NOUVELLE DANSE ?!

SHIBUYA EST À NOUS, MAINTENANT !
HOLÀ, NE VA PAS TROP VITE EN BESOGNE...
D'ABORD, IL NOUS RESTE UNE PETITE AFFAIRE À RÉGLER !
C'EST FORCÉMENT UN COUP DU CLUB DE BOXE DANJÔ OU DU GROUPE D'ASSURANCES KANEHIRA !
QU'EST-CE QU'ON ATTEND POUR LES ÉCRASER ?!
ON SE CALME !
ON N'EST PAS ENCORE SÛRS DE L'IDENTITÉ DU COUPABLE...
NOUS SOMMES LES BRAVES JUSTICIERS DÉFENSEURS DE SHIBUYA, JE TE RAPPELLE !
O... OUI, DÉSOLÉ ...
JE ME SUIS LAISSÉ EMPORTER !
N'OUBLIEZ PAS DE RAMASSER LES DOIGTS...
OK !!
TOUT DE SUITE !
TAP

VOILÀ... PARFAIT !!
MAINTENANT, ON A DE QUOI TRINQUER ! POUR LE TONUS, LES DOIGTS...
C'EST ENCORE MIEUX QU'UNE VIPÈRE !
チャポ
PLOUF
PLOUF
チャポ
G... GÉNIAL !
チャポン
PLOUF
チャポン
PLOUF
Informations de sécurité
INDIQUEZ LE MONTANT DU VIREMENT
BANQUE X
CENTRAL NET BANK
Compte à créditer
Compte à débiter
150000 ¥
N'insérez pas de virgule ou de symbole (ex : 30000).
Montant
Cliquez sur "valider" pour finaliser l'opération.
VALIDER
ANNULER

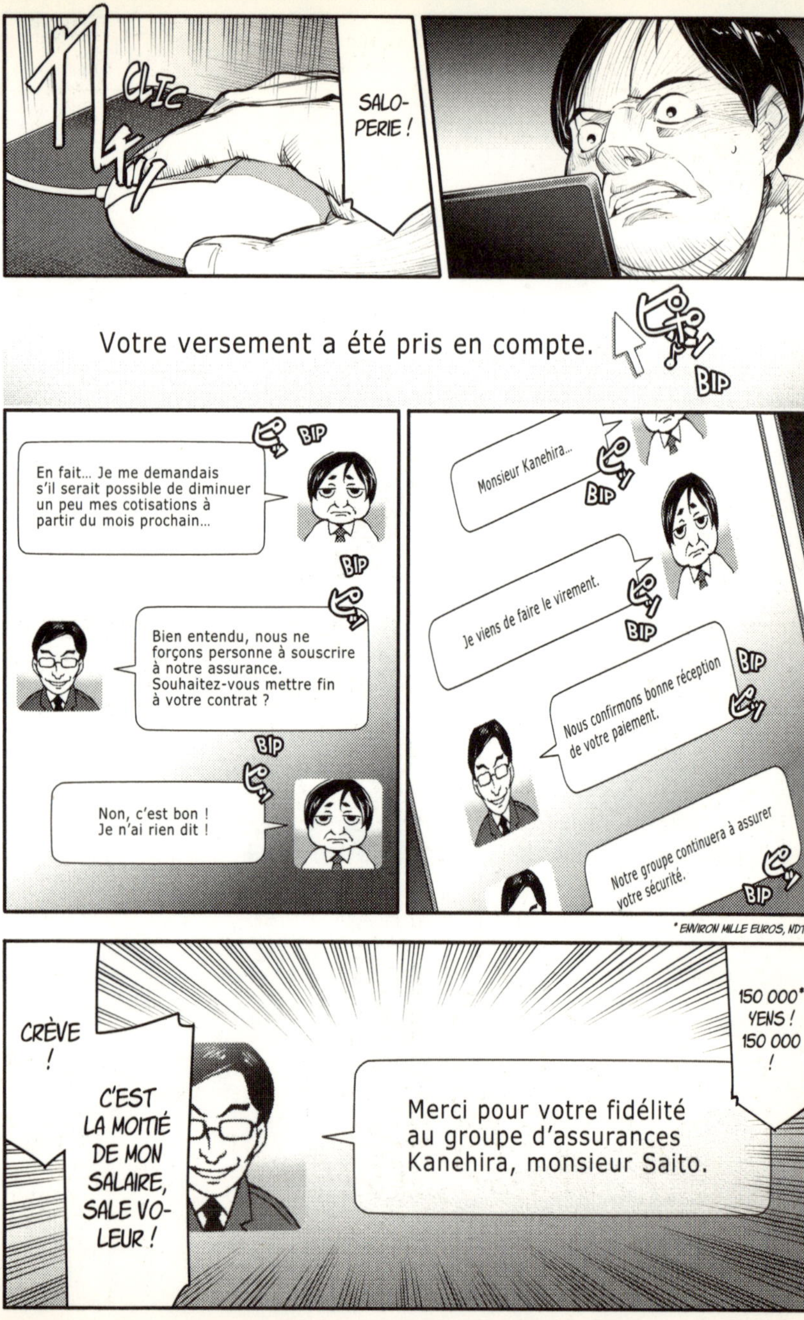

CLIC
SALOPERIE !
Votre versement a été pris en compte.
BIP
Monsieur Kanehira...
BIP
Je viens de faire le virement.
BIP
BIP
Nous confirmons bonne réception de votre paiement.
Notre groupe continuera à assurer votre sécurité.
BIP
BIP
En fait... Je me demandais s'il serait possible de diminuer un peu mes cotisations à partir du mois prochain...
BIP
Bien entendu, nous ne forçons personne à souscrire à notre assurance. Souhaitez-vous mettre fin à votre contrat ?
BIP
Non, c'est bon ! Je n'ai rien dit !
* ENVIRON MILLE EUROS, NDT.
150 000* YENS ! 150 000 !
Merci pour votre fidélité au groupe d'assurances Kanehira, monsieur Saito.
CRÈVE !
C'EST LA MOITIÉ DE MON SALAIRE, SALE VOLEUR !

YAAH !
CRAC

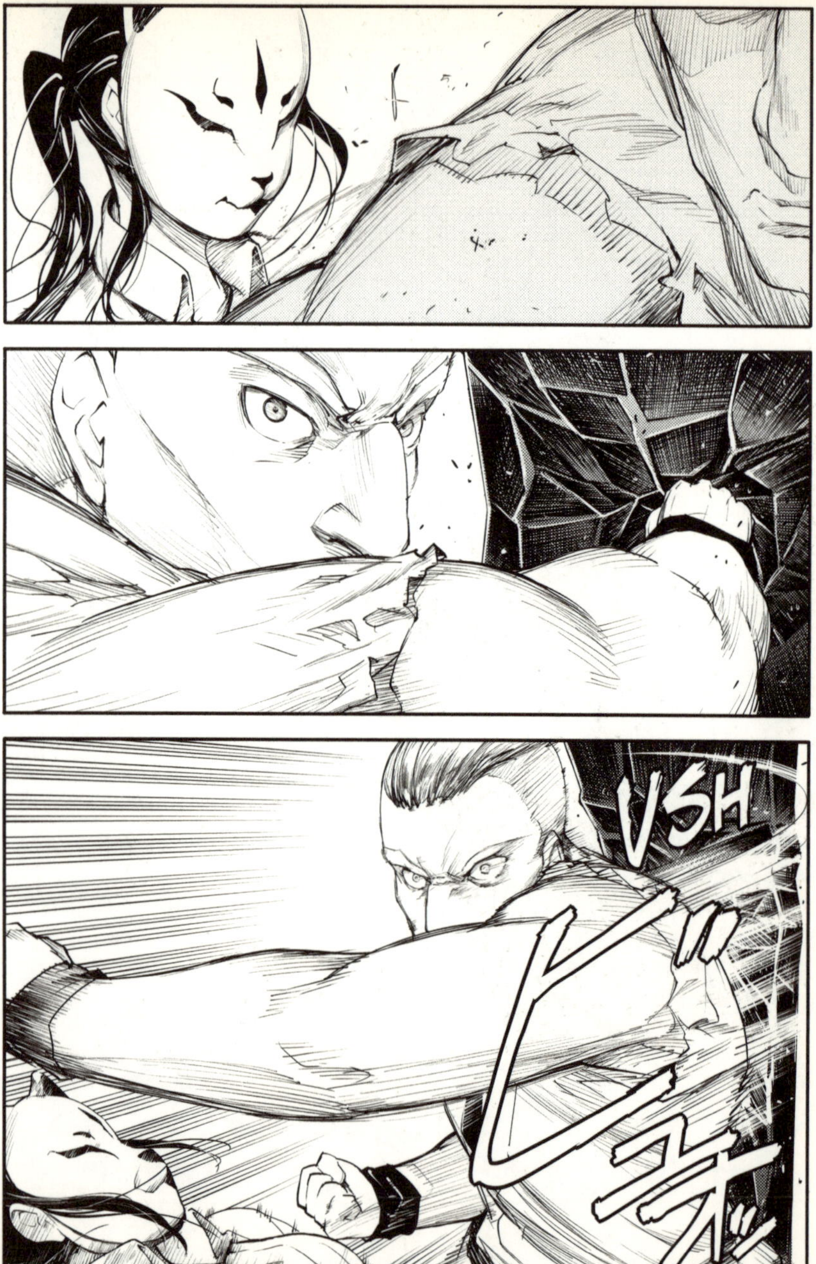
VSH
ビュオッ

TAP
VSH
CRAC
JE L'AI EUE !

HAN
HAN
TOUJOURS AUSSI BALÈZE !
J'ÉTAIS POURTANT SÛR DE T'AVOIR TOUCHÉE …
DIS …
EST-CE QUE C'EST TOI, LA TUERIE DE SHIBUYA ?
AU DÉBUT, J'AI PENSÉ QUE C'ÉTAIT UN COUP DES EIGHTH, MAIS APPAREMMENT, EUX CROIENT QUE C'EST NOUS !
MÊME SI ON SE PASSERAIT BIEN DE CETTE AFFAIRE, AU CLUB DE BOXE DANJÔ, ON NE PEUT PAS L'IGNORER…
TU SERAIS CAPABLE DE VAINCRE 12 ADVERSAIRES À TOI TOUTE SEULE, NON ?

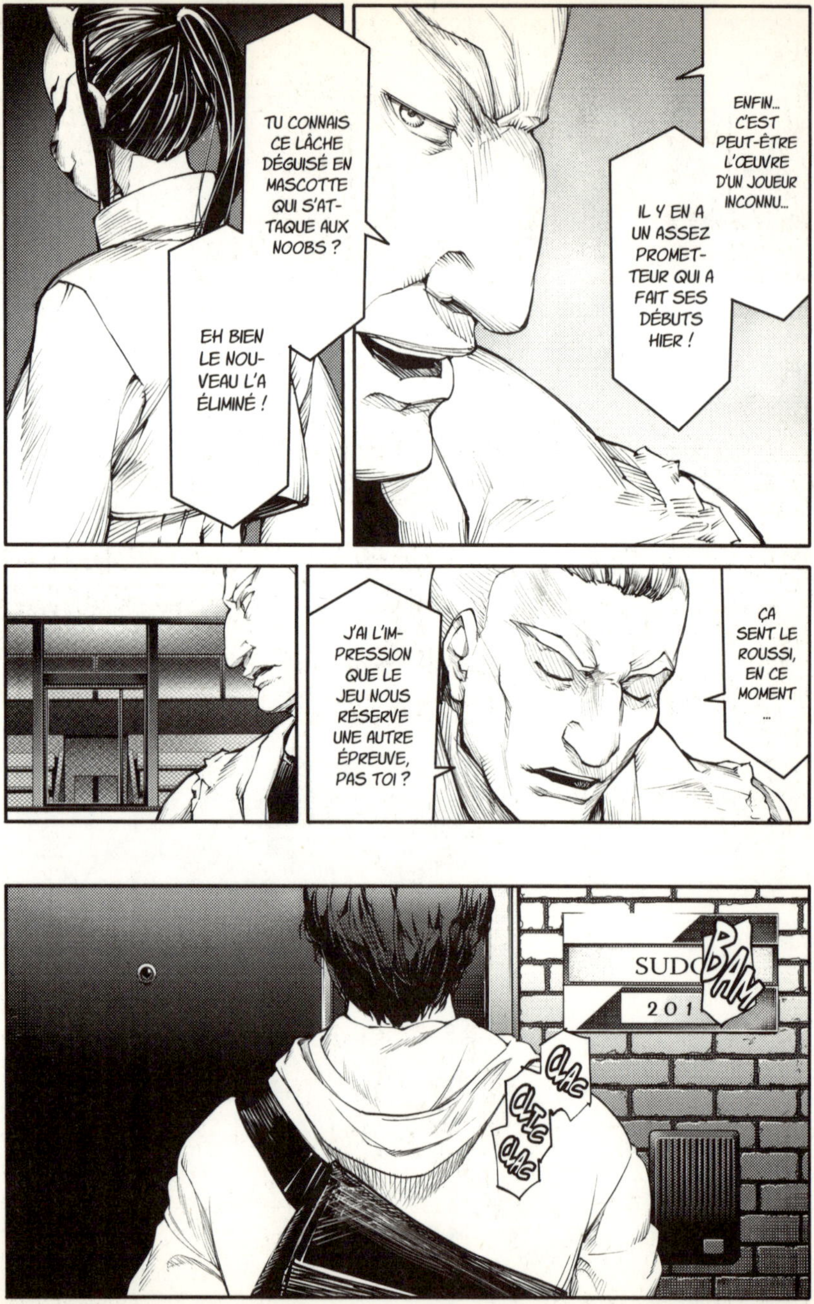
ENFIN... C'EST PEUT-ÊTRE L'ŒUVRE D'UN JOUEUR INCONNU...
IL Y EN A UN ASSEZ PROMETTEUR QUI A FAIT SES DÉBUTS HIER !
TU CONNAIS CE LÂCHE DÉGUISÉ EN MASCOTTE QUI S'ATTAQUE AUX NOOBS ?
EH BIEN LE NOUVEAU L'A ÉLIMINÉ !
ÇA SENT LE ROUSSI, EN CE MOMENT ...
J'AI L'IMPRESSION QUE LE JEU NOUS RÉSERVE UNE AUTRE ÉPREUVE, PAS TOI ?
SUDO
201
BAM
CLAC
CLIC
CLAC

ÇA NE MÈNE À RIEN D'HÉSITER...
VROUM
JE VAIS DEVOIR...
PRENDRE LE RISQUE !
VROOOUM

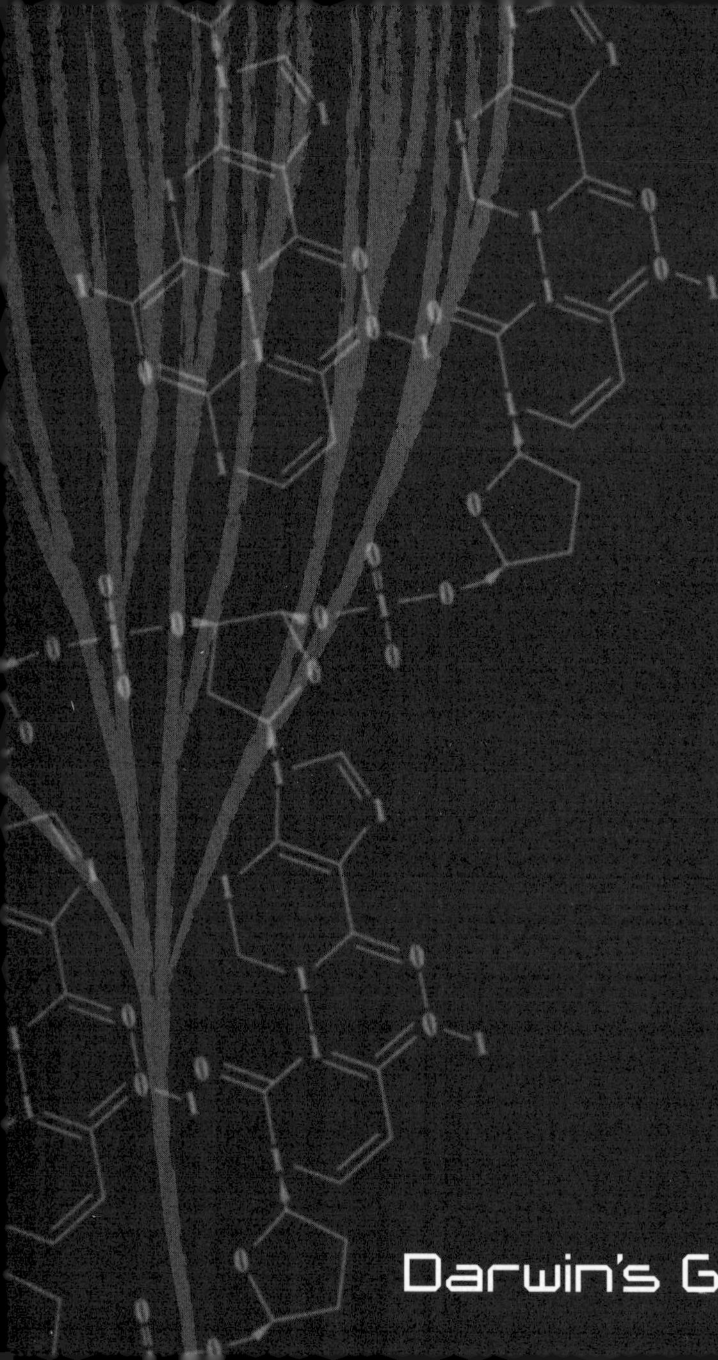

Darwin's Game

Game ??

RHÉNANIE, ALLEMAGNE.
QUELLE FORMIDABLE DÉCOUVERTE, PROFESSEUR !
C'EST LE CAS DE LE DIRE...
C'EST LA PREMIÈRE FOIS QU'ON TROUVE DES FOSSILES D'HOMME DE NÉANDERTAL ET D'HOMO SAPIENS SUR UN MÊME SITE !
ILS ONT ÉTÉ INHUMÉS AU MÊME ENDROIT, DE LA MÊME FAÇON...
C'EST BIEN LA PREUVE QU'IL Y AVAIT DES ÉCHANGES ENTRE LES DEUX ESPÈCES !
DE QUOI SONT-ILS MORTS ?
L'HOMO SAPIENS, JE NE SAIS PAS...
MAIS LE NÉANDERTAL A LE CRÂNE PERCÉ !
IL SEMBLE AVOIR ÉTÉ FRAPPÉ PAR UNE LANCE...

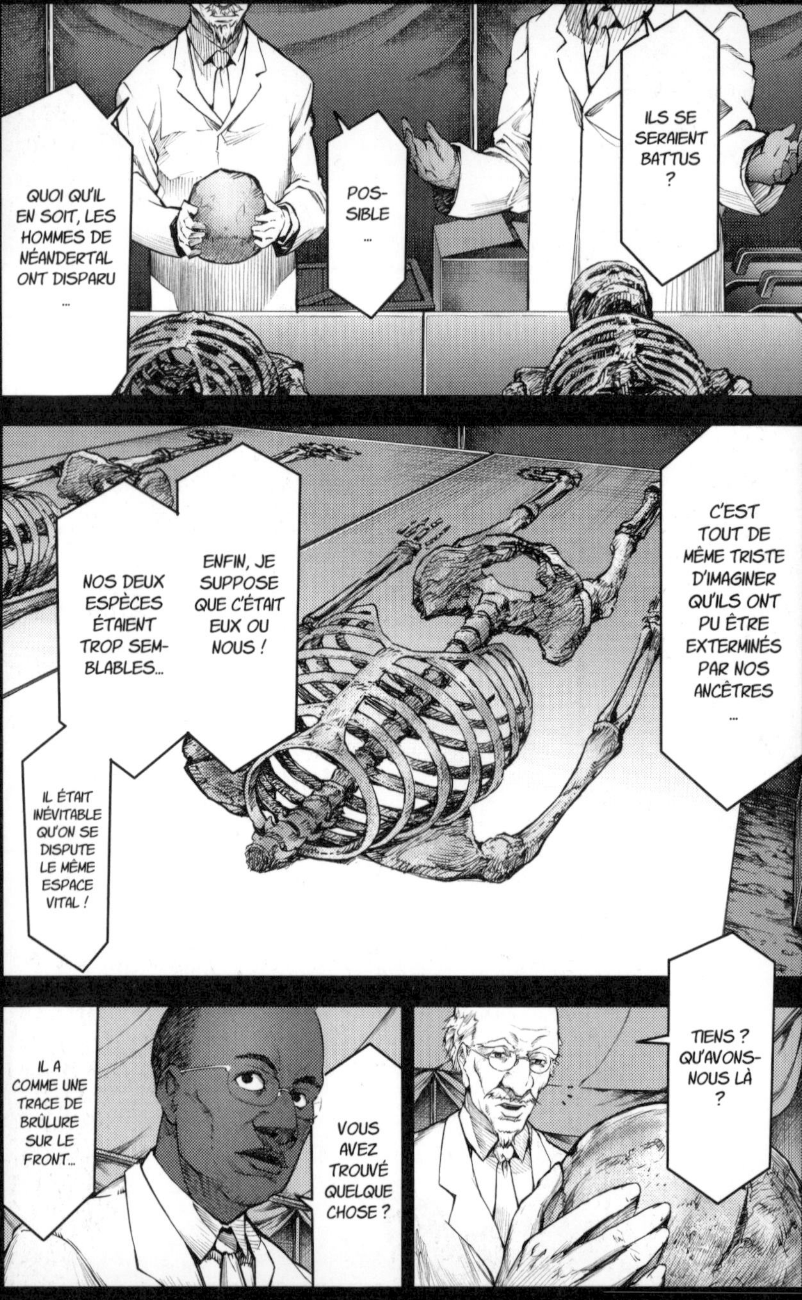
ILS SE SERAIENT BATTUS ?
POSSIBLE...
QUOI QU'IL EN SOIT, LES HOMMES DE NÉANDERTAL ONT DISPARU...
C'EST TOUT DE MÊME TRISTE D'IMAGINER QU'ILS ONT PU ÊTRE EXTERMINÉS PAR NOS ANCÊTRES...
ENFIN, JE SUPPOSE QUE C'ÉTAIT EUX OU NOUS !
NOS DEUX ESPÈCES ÉTAIENT TROP SEMBLABLES...
IL ÉTAIT INÉVITABLE QU'ON SE DISPUTE LE MÊME ESPACE VITAL !
TIENS ? QU'AVONS-NOUS LÀ ?
VOUS AVEZ TROUVÉ QUELQUE CHOSE ?
IL A COMME UNE TRACE DE BRÛLURE SUR LE FRONT...

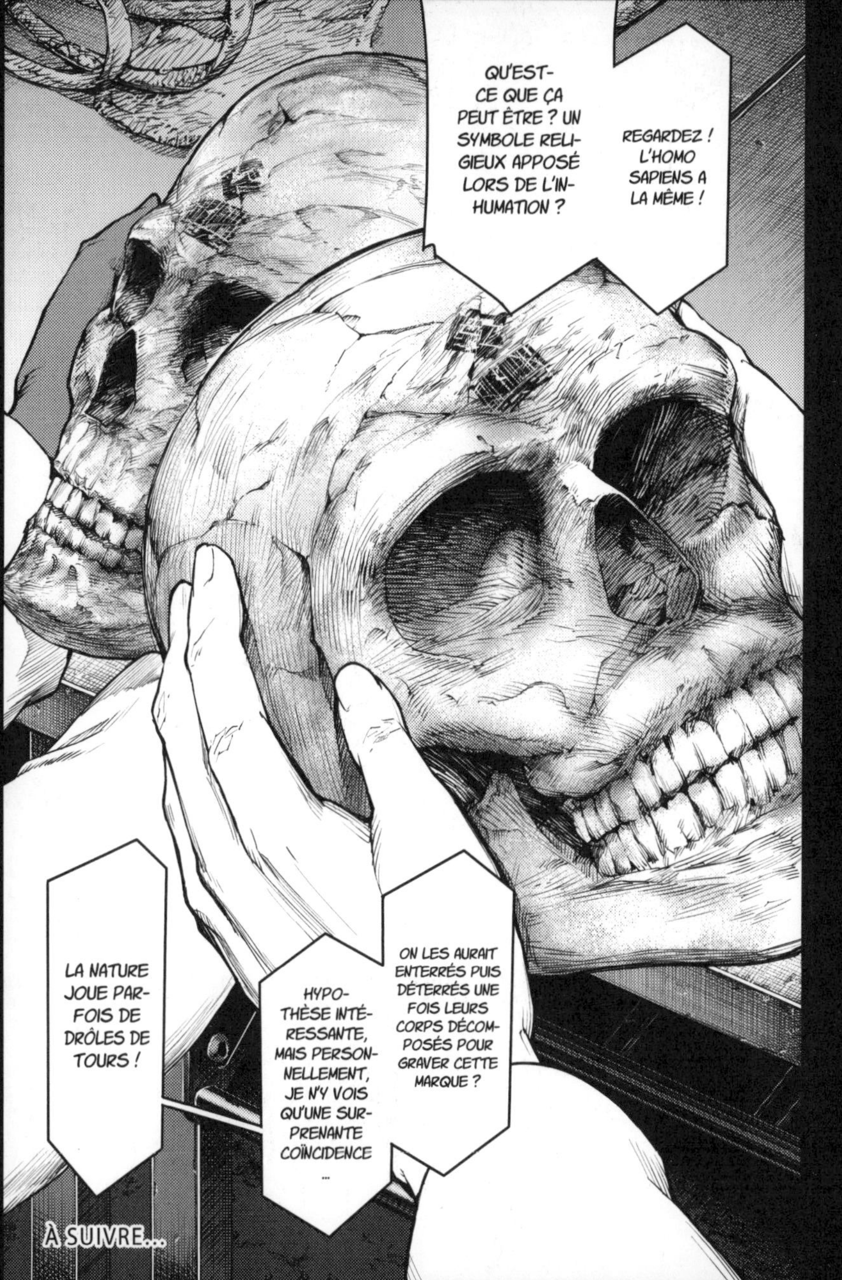
REGARDEZ ! L'HOMO SAPIENS A LA MÊME !
QU'EST-CE QUE ÇA PEUT ÊTRE ? UN SYMBOLE RELIGIEUX APPOSÉ LORS DE L'INHUMATION ?
ON LES AURAIT ENTERRÉS PUIS DÉTERRÉS UNE FOIS LEURS CORPS DÉCOMPOSÉS POUR GRAVER CETTE MARQUE ?
HYPOTHÈSE INTÉRESSANTE, MAIS PERSONNELLEMENT, JE N'Y VOIS QU'UNE SURPRENANTE COÏNCIDENCE ...
LA NATURE JOUE PARFOIS DE DRÔLES DE TOURS !
À SUIVRE...

DARWIN'S GAME, vol. 1

First published in Japan in 2013 by Akita Publishing Co., Ltd., Tokyo
French translation rights arranged with Akita Publishing Co., Ltd.
through Tuttle-Mori Agency, Inc.

Édition française

Traduction :
David Le Quéré

Adaptation graphique :
Clair Obscur

ISBN : 978-2-35592-715-7
Dépôt légal : août 2014
Achevé d'imprimer en France par Aubin Imprimeur